ТАТЬЯНА ВОЛЬТСКАЯ

В городе Ноябре
Избранное 2015 - 2025

Published by Virgola Press, New York
www.virgolapress.com

ISBN: 978-1-968788-17-9

ТАТЬЯНА ВОЛЬТСКАЯ

В городе Ноябре
Избранное 2015 - 2025

VIRGOLA PRESS
NEW YORK

2015

* * *

Прощай, страна!
Мы идем ко дну.
Ну, да, я любила тебя одну,
Одержимую демонами, на шаг
Отступившими вроде бы – но, круша
На пути последнее, в прежний дом
Возвратившимися.
                    Поделом,
Если честно: могли бы и подмести
И замыть блевотину.
                    Отпусти.
Не держи меня больше. Я не хочу
Ни вылизывать задницу палачу,
Ни своим нулем округлять число
Убиенных, ни выдохнуть: «Повезло!» -
Проскользнув по грязи, забившись в щель.
Смотри, какая вокруг метель,
Одичавшие улицы стаей псов
Пробегают, мерещится Пугачев
В подворотне – тулупчик, не то Махно,
Видишь – во поле пусто, в душе темно.
Ей бы взмыть, беглянке, в седую ширь,
Да к ногам привязаны сотни гирь
Те поля заросшие, те холмы,
На которые падая, воем мы.

2015

* * *

Умираешь, значит? Закрываешь лавочку?
                                  Сворачиваешь проект,
На который пошло немеряно водки, чернил и
                                  обесцененных слез,
И отборных острот, и продукции сивого мерина.
– Неужели последний аккорд пропет:
Высокий, он не тает в воздухе, словно радуга. Ты
                                  всерьез?

Да, конечно, не поле боя, не дорога и не отель –
Правда, чужбина за бессмысленной рябью миль –
Но зато в кругу семьи, в своей постели, как ты хотел.
Мир оседает медленно, как после взрыва – пыль.

В воздухе проплывает кресло, обнажая потертый бок,
Проплывают два стула из кухни, на которых сидели мы, -
Жареная картошка, твоя любимая, водка, томатный сок,
Суп из фасоли. Чтобы остались разделены

Красное с белым, водку ты наливал, подставляя нож,
К стенке стакана – помнишь тот хитрый трюк?
Хороша была «кровавая Мэри». Что ж,
И диван проплывает, расшатанный в хлам, и даже утюг,

Гладивший блузку перед твоим приходом, и тот паром,
Первый раз увозивший нас за границу – почитай, на тот
                                  свет,
И капитан, поди, до сих пор не знает, что он Харон,
Медленно проплывая в воздухе, руку подняв – привет!

Рядом с ним проплывает причал и чугунные фонари
У Петропавловки, с позолоченною стрелой,
Полосатая будка – только будочника внутри
Расстреляли, когда еще не было нас с тобой.

Проплывает кладбище Новодевичьего монастыря
С могилой Тютчева, куда ты меня водил
Тайными тропами, и, вообще говоря,
Это место, в виду снесенного купола и заросших могил,

Выглядело живей, чем сегодня – с золотом и толпой
К поясу Богородицы, к Бог знает каким мощам.
Помнишь, в цеху грохочущем – в бывшей церковке мы с
                                  тобой
Полустертых ангелов встретили? Отощал

Каждый – кто крыльев лишился, кто головы своей,
И все равно светились, в грязи и скрежете: вопреки.
Я вот думаю – срам, поругание – страшно сказать –
                                                честней
Фарисейской покраски-побелки...
                        Проплывают ржавые катерки

По Неве, над которой мы до сих пор сидим
С бутылкой красного, свесив ноги, на крепостной стене –
На краю тюрьмы, естественно, и цветные дворцы, как
                                                дым,
Клубятся на том берегу.
                        А нынче, как на войне,

Кругом постреливают, но бежать в кусты –
Нет такого рефлекса, а главное – не страшней
Тобой оставляемой пустоты:
Ни брони от нее, ни бомбоубежища, ни траншей.

Мирная жизнь прекращается мигом: вот только что
                                        пили чай,
«Рио-рита» кружилась, и вдруг – Левитан, метроном,
Серые реки бушлатов, скулы, штыки, прощай,
На углу заколоченный «Гастроном».

Что ты наделал? Мир без тебя, как брошенная на стул
Одежда, не может ни двигаться, ни дышать.
Подожди, подожди, подожди, пожалуйста, – видишь,
                                        там, на мосту,
За тобой, спотыкаясь и падая, плача, бежит душа.

2015

Август – небо воскресенья:
Высота и синева,
В сероватый пух осенний
Облаченная трава.

Даже сломанная ветка
Солнцем преображена,
И беззубая соседка,
И лесничего жена,

Блюдце с яблоком незрелым,
Лес, пожарный водоем
Блещут обновленным телом –
Словно в Царствии Твоем.

2015

* * *

С каждым днем, с каждым сном все короче,
Все прямее оставшийся путь.
Только не торопи меня, Отче,
Дай отравленный воздух глотнуть,

Дай поежиться – холодно, братцы! –
Проходя по дрожащим мостам,
Дай мне досыта нацеловаться
С сыновьями Адама – а там –

Как листва в ноябре, отпылаю,
Упаду, как неслышное "ах!",
Только имя Твое сохраняя
На рассыпавшихся губах.

2015

* * *

Так холодно – кажется, Малер
Гудит в позвоночнике. Соль
На ветках. Желтеет брандмауэр,
И тополь острижен под ноль.

И облако цвета шинели,
Повисшее на золотом
Гвозде, над мостом, - неужели
Сорвется? Не будем о том,

Что чудится вдруг в этой черной,
Бурливой, блудливой волне,
Свистеть и хрипеть обреченной
В хваленом граните, во мне,

В скукожившемся прохожем,
Напялившем город, как плащ, -
О, как он потерт и поношен,
И легок, и складчат. Не плачь.

То плац, то дворец, то казарма,
И сдавленный вдох – вопреки
Имперскому шарму и сраму.
И выдох. И трепет руки.

2015

* * *

Ах, как жалко страну, как жалко –
И тайгу, и канаву со льдом,
И Камчатку, и Тихову Алку
С третьей парты, и этот, с трудом

Забываемый праздник – ни слова
Про убитых – лишь Волга да степь,
Над кровавою ямой – Орлова
Рассыпает щебечущий степ.

Над бараками, над колючкой
(Кто там спит – грузин, сибиряк?)
Машет Грушенька белой ручкой,
Семиструнный вздох – «чибиряк,

Чибиряк», и цыганским плечиком
Дрогнет даль.
                        Неужели все?
Неужели нас, искалеченных,
Даже Бог уже не спасет?

2015

* * *

А что нам терять, кроме пыток
Войной, ожиданьем, тюрьмой?
Струится любовный напиток
Обманной, слезливой зимой,

То капает с веток вспотевших,
То по лобовому стеклу
Стекает – и выпивших тешит,
Стоящих на зябком углу.

Хозяевами банкета
Они еще мнят себя, но
Не чуют – небесное это
Час от часу крепче вино,

По скулам текущее, иго
Желаннее, слаще ярмо –
На теплых, не вяжущих лыка
Над бойней, болотом, чумой.

21.12.2015

2016

Ковш небесный танцует на ручке,
Точно рыба на мокром хвосте.
А мороз-то все круче и круче.
Мчится в санках опальный поручик,
На плечах у него – по звезде.

В голове рассыпается фраза,
Как метель, шелестящим «прощай»,
Снег скрипит, из ущелий Кавказа
Мгла глядит на него в три глаза,
Вожжи крутятся, как праща

Неудачливого Давида.
На весь мир нестерпима обида,
Бог – на небе, а царь – для виду,
Чтобы только оформить судьбу –
Подорожную, ссылку – и с тем он
Удаляется, а уж следом
На крыло поднимается Демон:
Как певца успокоить в гробу –
Дело техники. Версты да версты.
Кто увидел *его* – тот мертвый,
С пулей в сердце, с печатью на лбу.
Дай-ка снежную розу сорву,

Брошу вслед – лепестки сырые,
Лепеча возвышенный вздор,
Осыпаются – как Россия,
Начиная с Кавказских гор.

1-4.01.2016

* * *

Нам в Рождество дарован свыше снег,
И черное, как видишь, стало белым.
И ходит благодарный человек,
Большой свече уподобляясь телом.

Шаги скрипят, и в валенках тепло,
И праздничной резьбой какой-то мастер
Одел и сад, и крышу, и стекло.
И Ель идет навстречу – Богоматерь.

И тает воск лица, и рук, и ног,
Бегут колеса звезд, мелькают спицы,
И кажется, вот-вот родится Бог
Во тьме души. И мир от слез двоится.

4.01.2016

* * *

Ночь. Березы висят, как дымы
В твердом воздухе, срубленном крепко
Средь наждачной мерцающей тьмы
И в грудной настороженной клетке.

Тучи, поднятые, как мосты,
Сосны, вбитые в землю, как сваи.
В доме духи огня и воды,
Словно сердце и мозг, оживают.

Стены дышат, стреляют не в такт,
Появляются белые знаки
На окне. Я прижмусь к тебе так,
Как замерзшая буква к бумаге.

5.01.2016

* * *

Так иди, иди за морозной своей звездой
Сквозь машинный храп, сквозь подлую дрожь коленей,
По дороге, знакомой до запятой,
Да привычной ямы не перекрестке, до nota bene,

Посиневших от холода на полях
Текста, вызубренного до рвоты.
Иди, иди, не задерживайся. Этот шлях
Не тобою вытоптан. Никого ты

Не удивишь, не разжалобишь. На хрена
Тебе эта жалость? Поделом вору и мука.
Ты же всегда берешь чужое, какова б ни была цена,
Так что вслед тебе все равно понесется – сука!

Вот и иди по своей Владимирке, позванивай в кандалы,
Приплясывай, как на углях, на снегах и льдинах,
В час, когда капли толпы, ни добры, ни злы,
Выливаются из театров и магазинов,

В час «Прощанья славянки» в переходе метро, жулья,
Поглощенного выручкой, в час, когда пахнет жженым
Сахаром и корицей в кофейнях, когда мужья
С глазами побитой собаки возвращаются к женам,

А бомжи перед сном перетряхивают тряпье,
И город сочится рекламой, как лицо позорной
Девки дешевой косметикой – в сущности, как твое:
Вы – двойники. И когда багровые зерна

Габаритных огней ссыпаются в закрома
Дворов, – не говори, что холод
Дошел до сердца. Впаяна в лед корма
Васильевского. Ты не была верна
Никому из своих любимых. Не гнется повод

У коня на мосту, и является во плоти
Снег в фонарном луче – с блуждающею усмешкой.
Бог дает тебе голос, но всегда говорит – плати! –
Вот и я говорю – не жалуйся и не мешкай,

Не просись малодушно в тепло, на постой,
Не хоронись за углом, за деревом, за колонной:
Все равно о тебе никто не заплачет – иди за своей
                                          звездой,
За бесстыжей, голодной звездой каленой.

15.01.2016

* * *

Метель на Университетской
Холеной набережной, лед,
Автобус, паренек простецкий
С двумя подружками, народ

В наушниках. Намокшим мелом
Дворец прочерчен. Ты со мной?
Ты здесь? Безжизненное тело
Реки накрыто простыней.

В глазах у города мерцанье,
Ладонь, прижатая ко лбу —
Как будто санки с мертвецами
Проскальзывают сквозь толпу,

Как будто произносишь: «Город» -
И тень ложится под стеной,
А эхо отвечает: «Голод»,
И снова тихо. Ты со мной?

Парады, кабаки, цыганки,
Расстрелы, балерины, спесь.
Вот если бы не эти санки.
Метро, окраина. Ты здесь?

Торговый центр, пивная, пьянка
В парадняке. Подъем. Отбой.
Ты здесь? И точно ли твой ангел
Присматривает за тобой?

6.02.2016

Бочком, с опаской вышел снег
На двор, пробежкою мышиной.
Потом он падал, как во сне,
На сгрудившиеся машины,

На урну и скамейку, лег
У заколоченной парадной,
Ступень и ржавый козырек
Накрыл ладошкою прохладной.

Нет, он не падал, он нырял,
Как будто ждал, когда мы вздрогнем,
И снова из-под фонаря
К деревьям и ослепшим окнам

Он наклонялся, как спина
Незагорелая мужская
Над женщиной, как та волна –
Ну да, ты помнишь, Хокусая.

14.02.2016

ИЗ ЛЕТОПИСИ

Тонули на баржах, метались в жару под гнойными
Бинтами, громоздили пирамиды костей
На фараоновых стройках, и между войнами
За ситцевыми занавесками делали второпях детей,

Чтобы торжественно посвятить их Танатосу,
Ряженому в пионера, шахтера, лейтенанта НКВД,
Любовь Орлову. Размазанному по атласу
Алым крабом с клешнями, шевелящимися в воде,

Потому что бог смерти – единственный здешний идол,
Не сброшенный в Днепр, с незагаженным алтарем,
Не узнанный. Мальчик, который ищейкам выдал
Отца, и другой, оставшийся во втором

Классе, игравший в лапту и шпионов, жилы
Надорвавший потом в колхозе, и спившийся инженер,
И строчивший доносы дворник, - все только ему
         служили,
Только к нему спешили – а думали, что к жене,

На работу, гонять в футбол, сигать с парашютных
         вышек,
Вырезать статью из газеты, покупать эскимо, -
Это он, Танатос, светло улыбаясь, выжег
На каждом лбу незаживающее клеймо.

Да еще свита – сладкий Мелос да неуклюжий Эрос
В черных трусах сатиновых до колен.
Все это кружилось, пелось, пахло потом, куда-то
         делось –
Только идол не околел.

Притаился в воде и хлебе, в ветке, обросшей каплями,
На изнанке затуманенного стекла.
…Кажется, все отдам за песенку Чарли Чаплина,
За живое, как сердцебиение, тра-ла-ла.

21. 02.2016

Ледяная змеиная шкура
С легким треском сползает с Невы.
Далеко нам до строящей куры
Богатеям гордячки-Москвы.

До шелко́вого далеко нам,
До Садового пояска,
До басового – в злате иконном –
До господского говорка.

А и наша держава не промах –
Налетай, кому надо воров:
То-то в ваших гуляют хоромах
Недомерки из наших дворов.

То-то к вам понасыпалось бесов
Из глубоких чухонских болот,
Чтобы, воздух измяв и изрезав,
Время вывернуть наоборот,

До кровавой мездры. Не до жиру –
Быть бы живу да в щелку залечь.
Это месть. А не надо порфиру
Грубо стаскивать с мраморных плеч,

С департаментов и присутствий,
С желто-белых, застывших во сне
Площадей, по которым несутся
И безумный фельдъегерь, и снег.

На Москве-то все гладкие лица,
Без гульбы да потравы – ни дня.
И шипит отставная столица,
Как змея под копытом коня.

16.03.2016

* * *

Из трав, от ветра пошедших в пляс,
Из лужи, из глины сырой
Господь слепил тебя в первый раз,
А я леплю во второй.

Из мрака, из талого снега, слез –
Ловя губами, леплю:
Плечо проступает, щека и нос,
И губы, то бишь, *люблю.*

Из мха, где комар заложил вираж,
Где прель под еловой корой,
Господь слепил меня в первый раз,
А ты слепил во второй.

Уже проступил под твоей рукой
Затылок, висок, плечо:
Я не видала себя такой
Ни разу. Еще, еще!

19.03.2016

* * *

Невысок мой бревенчатый терем,
Недалек помутившийся ум.
Не пойму, почему ты растерян,
И откуда в ушах этот шум.

Ты куда это сыр и печенье –
На Маланьину свадьбу принес?
А глоток коньяка от смущенья
Не поможет, и сердце, как пес

У соседки по свежей пороше
Крупно скачет, звеня, на цепи.
Счастье – тоже тяжелая ноша.
С непривычки особенно. Спи.

25.03.2016

* * *

Бог замирает, как ребенок,
Над россыпью карандашей:
Он делает желтее донник
И солнце бледное – рыжей

И, высунув язык прилежно,
Рисует пятнышки щеглу
И блик на лаковой черешне,
Что продается на углу.

И брови дугами нахмуря,
Как будто бы дает зарок:
Как Айвазовский, будет буря,
А улица – как Писсарро.

Колышется пред Ним раскраска,
Листаемая ветерком:
То сонный Гдов, то штат Небраска,
То дверь моя под козырьком.

12.04.2016

* * *

Надо же, старая перечница, смотри-ка,
Ты еще хочешь жить, любить,
Продаешь квартиру, полную окостенелых криков
Страсти, горя, ненависти – любых.

Вот она, жизнь, откалывается кусками
Ладожского льда, уплывая с шорохом по Неве,
Крутясь под мостами, обещая вернуться – песенка
                                        городская,
Застрявшая в ухе, горло царапающая. Не верь!

Ах, ты не хочешь сидеть, перебирая прошлое,
В мамином кресле, сливаясь с обоями, но пока
Ты спишь, будущее – железной горошиной
Под дырявой периной толкает тебя в бока.

Неужели ты думаешь заклясть это каменное болото,
Обойти со спины извивающуюся страну,
Все ее скользкие шеи, ядовитые зубы, вышедший из
                                        моды
Пыточный реквизит? Ну-ну.

Ты думаешь, новые стены не будут к тебе суровы,
Из соседних окон на тебя не нахлынет мгла?
Здесь на каждой стене – непросохшие пятна крови,
Запомни, куда бы ты ни пришла.

Этот город пропитан смертью – не до идиллий,
А сестренка любовь – попрошайка, дворничиха, швея:
Разрывая объятья, из каждой комнаты кого-нибудь
                                        уводили.
Кто знает, чья теперь очередь. Может быть, и твоя.

14.04.2016

* * *

Послал мне тебя Господь,
Как музыку и слова:
Не воду носить, не дрова колоть,
А чтоб я была жива.

Что же у нас с тобой
Общего, мой дружок?
Ни чашку, ни ложку, ни полку с резьбой,
Ни обувной рожок,

Ни жизнь нам не разделить,
Ни смерть, как сказал поэт,
Ни глины комок, ни поле вдали,
А детский один секрет

Про общую нашу ложь –
Под вишенкою в саду,
Куда ты, калиткой звякнув, придешь,
Куда я к тебе приду,

Где призрачное гнездо
Совьем с тобой до утра,
Жадно
          под мокрой дрожащей звездой
Касаясь пером пера.

29.07.2016

* * *

Кто-то ходит на чердаке.
Видно, Осип все ладит крышу.
Молоток у него в руке,
Дранка новая. Слышу, слышу.

Не успел он перед войной
Крышу справить – «столыпин», лагерь.
Вот и топает надо мной,
Проверяет, прочны ли лаги.

Что ты, Осип, прочны, прочны,
Балки взмыли над ними ровно.
Спи спокойно в груди страны,
Где навряд ли ты похоронен,

В лучшем случае, сброшен в ров,
Безымянный, расстрельный, братский.
Спи. Спасибо тебе за кров.
Я достроила крышу. Краской

Пахнут доски. Ведь ты поляк –
Потому и забрали. Или
Не поэтому – просто так.
Били. Спать не давали. Били.

Я живу за тебя в твоем
Доме. Ходишь ночами, Осип, -
И ходи. Мы с тобой вдвоем,
И от этого крышу сносит.

30.07.2016

* * *

Я вымыла окна – и город на шаг отступил,
И робкое небо, неловкое, как деревенский
Нечаянный родственник, пряча под мышкою шпиль
Соседней церквушки, присело на краешек венский.

Молчало, как будто не зная, о чем говорить,
По комнате взглядом блуждало, на книжную полку
С почтеньем косилось. – Пора уже чай заварить –
Нелепая мысль промелькнула, но небо недолго

Сидело на стуле – а вдруг поднялось и ушло,
Всем видом прощенья прося за неумную шалость.
И пестрые книжки померкли, и только стекло
Внезапно метнулось за ним, обняло и прижалось.

2.10.2016

* * *

Все кажется, жив, а не умер,
Все кажется, ходишь, не спишь –
То буквы читаешь на ГУМе,
То слушаешь под полом мышь.

И сколько же дел неотвязных
Тебя осаждает с утра
И писем – из Праги, из Вязьмы,
Из града святого Петра –

Как будто невидимый кратер
Гудит – дорожает бензин,
Из гроба встает император,
Соседка бежит в магазин,

И сам с непонятною ношей
Несешься вдоль елок и шпал.
А влюбишься – сразу проснешься
И вскрикнешь: «Как долго я спал!»

6.10.2016

* * *

Не находишь – как-то сегодня сыро.
Выпьем, что ли, за нашего сына,
Я – водки, а ты – уж не знаю, что там
Отпускают с небесного склада твоим широтам,
Горним высям, странам висячим, весям.
Правда, и мы тут не много весим –
Шкурка с жизни соскабливается, как с картошки,
Патриоты плещут крылами - короче, тошно.
Короче, выпьем. Я его без тебя растила.
Я у тебя в долгу. Ненасытнее, чем Атилла,
Увозящий золото Рима, женщина у мужчины
Забирает семя. Спасается от кручины,
Выращивая дитя свое золотое,
Трофейное. Погоди, не то я
Говорю – выпьем за нашего сына.
В день его рожденья догорает в лесу осина,
И вода, коснея, лишается дара речи,
И черты земли проступают резче
Перед тем как белыми зернами их засеют.
Он тебя не знает – как Телемак Одиссея,
Равнодушно глядит на краны в порту и мачты,
Но голос его ломается, как тростник, а значит,
Скоро он оглянется и захочет
По веревочной лестнице твоих строчек,
Опасно раскачиваясь, выше и выше
Вскарабкаться. Протяни ему руку, слышишь?
Ветер подует с севера, и немые
Воды расступятся. То, что брала взаймы я,
Отдаю. Он будет заворожен тобою –
Дорогой в дымке, лежащей за ней страною,
Топотом и дыханием всех чудовищ,
Гнавшихся за тобой, - соломки не приготовишь,
Духов не заклянешь, ветры не свяжешь в узел.
Выпьем за то, чтобы он не струсил,
И за то, чтобы суд его не был строгим,
Чтоб, увидев тебя, сидящего у дороги
Под оливой, под пальмою, под рябинкой –
Он смахнул с лица приставшую паутинку.

21.10.2016

* * *

Ах, скажите, скажите скорее,
Где, поляки, ваши евреи?
Где торгуют они, где бреют,
Лечат, учат, флиртуют, стареют,
Проезжают в автомобиле?
Почему вы их всех убили?

Ах, скажите, скажите скорее,
Где, литовцы, ваши евреи?
Где такие ж, как вы, крестьяне –
Те, кого вы толкали к яме,
А кто прятался на сеновале –
Тех лопатами добивали.
Между сосен, янтарных кочек
Не положите им цветочек?

Ах, скажите, скажите скорее,
Где, французы, ваши евреи? –
Адвокаты, врачи, кокетки,
Дети с вашей лестничной клетки,
Те, которых вы увозили
Ранним утром – не в магазины –
К черным трубам, стоявшим дыбом,
Чтоб соседи взлетели – дымом.

Ах, скажите, скажите скорее,
Где, голландцы, ваши евреи? –
Часовщик, поправляющий время,
И кондитер, испачканный в креме,
Где рембрандтовские менялы?
На кого вы их променяли?
Почему вы их выдавали?
Почему вы их убивали?

Ах, скажите, скажите скорее,
Где, британцы, ваши евреи,
Те, кому вы не отперли двери?
Пепел их – на земле, в траве и
В вашем сердце, что всех правее.

Ах, беспечные европейцы,
Эти желтые звезды, пейсы,
Полосатых призраков стаи
В вашем зеркале не растаяли.
По ночам в еврейском квартале

Ветерок шелестит картавый.
Как вам дышится? Как вам спится?
Не тошнит ли вашу волчицу
С бронзовеющими сосцами?
Подсказать? Или лучше сами?

3.11.2016

* * *

Не много осталось одежды сносить,
Стоптать башмаков,
Смотреть, как земля одевается в сныть
И болиголов.

Не много осталось от ветра грустить,
От солнца шалеть.
Осталось жалеть и осталось любить,
Любить и жалеть

Мужчину, дитя, воробьиную прыть,
Рябинную медь –
Недолго, но все же осталось любить,
Но больше – жалеть.

17.11.2016

ЗИМА

Исакий плодовит и кряжист,
И ангел спит в его коре.
Сутулый Достоевский, тяжесть
Дворцов, построенных в каре.

И тут же – пушкинская легкость –
Свернешь по улице – видна,
Поддерживавшая под локоть
И Майкова, и Кузмина,

И город, весь припорошенный
Тончайшей пудрой ледяной,
Как будто в сердце пораженный
Любовник оперный, со мной

Немного постоит – и рухнет,
Глаза пустые закатив,
Помяв парик, забросив туфли
С большими пряжками в залив.

12.12.2016

2017

Мы живем на проспектах имени палачей
Среди ржавых труб, расшатанных кирпичей
И глядим, как волки, в заросли кумачей,
Словно там остались залежи калачей.
Проплывают рядом бетонные пустыри
И торговых центров стеклянные пузыри,
Козырьки ларьков. Из серой юдоли сей
Никакой не выведет Моисей.

Мы живем на проспектах имени палачей,
В нашем супе бумажный привкус от их речей.
Мы идем к себе, да никак не найдем ключей.
Как в блокаду, стулья и книги внутри печей,
Мы в чугунных лбах сжигаем XX век,
Он горит так долго, что хватит его на всех.

Мы живем на проспектах имени палачей,
Раскрываем рот — и голос у нас ничей,
Зажигаем в комнате лампочку в сто свечей,
А она освещает лес, перегной, ручей.
Утопивши сапог в промоине в том леске,
Вынимаешь — с дырявым черепом на носке.
Бедный Йорик, Юрик, вот он — бежал, упал,
На подушке мха — головы костяной овал,
Через дырочку видно атаку, огонь, оскал
Старшины, колючку, вышку, лесоповал.

И куда ни пойдешь — на запад ли, на восток,
Бедный Юрик, бедный-победный Санек, Витек —
Все тропинки тобой перечеркнуты — поперек.
Есть во фляжке водка, в термосе кипяток:
О тебя споткнувшись, о костяной порог,
У сухого пня с тобой посижу, браток,
Пошепчусь, пошуршу, как сухой листок, -
Пока мне на роток не накинет земля платок.

15.01 — 11.02. 2017

* * *

Мы будем точкой с запятой на зимней мостовой,
А снег летит, как Дух святой, над нашей головой,
Не спрашивая имени, у века на краю.
Люби меня, прости меня за песенку мою.
Сквозь пригороды страшные вези меня в такси,
Вон шарфик твой оранжевый – заклятье от тоски,
От свирепеющей чумы и от лица земли,
Куда глядеть обречены, пока не замели
Сугробы нас или менты и прочие кранты,
Всегда под боком у беды, что прячется в кусты.
Ночь растворяется в снегу, как кофе в молоке,
Касается замерзших губ и гладит по щеке,
Но вдруг отступит на шажок, на два шажка всего:
На теле у меня ожог от тела твоего,
И на столе пестреет снедь, и кажется нежна
Возлюбленная жизнь
            и смерть – законная жена.

25.02.2017

* * *

Ничего без тебя бы не было –
Ни деревьев, ни света белого,
Ни беленого потолка,
Ни растаявшего «пока»

В складках ситцевого Литейного –
Словно крестика след
                          нательного
С мелкой крапинкой голубой,
Поцелованного тобой.

Ничего без тебя бы не было –
Ни на лавочке пьяных дембелей,
Ни кустов в снеговых чехлах,
Ни пятнадцатого числа.

Ничего и нет. Кухня вымыта.
Из-под рук вырывается имя твое –
Словно пламени язычок.
И становится горячо.

9.03.2017

* * *

Будем любить друг друга – и сейчас, и потом, без тел,
Будем любить друг друга, как нам Катулл велел.
Это ведь репетиция – периодами Уитмена,
Перелетными птицами будешь любить меня.
Это ведь черновик – строчкою Веневитинова,
Скорописью кривых веток буду любить тебя.
Будем влетать друг в друга ласточкою, стрижом,
Вологдою, Калугой, двенадцатым этажом,
То холодком по спинам, то солнечным куражом,
Расклеванною рябиной в сквере за гаражом,
Грозы шелковистой кожей, бледным узором ее.
Воздух висит в прихожей, поблескивая, как ружье.

12.05.2017

А знаешь, все-таки спасибо,
Что май, что облако, что ты,
Что горло сжалось и осипло
От налетевшей пустоты,

Что дерево плывет украдкой,
И лучше бы не пить до дна —
Чтоб не кривиться от осадка —
Ни поцелуя, ни вина,

И что не прибрана квартира,
И что в окошке провода,
И что тебе меня хватило,
И что не хватит никогда,

Что из углов повылезали
Все призраки —
                                   как из чащоб,
Что жизнь кончается слезами —
А чем еще?

12.05.2017

* * *

Я беспокоюсь – как я выгляжу.
Гороховое платье выглажу,
И усмехнутся зеркала,
Придвинутся ко мне – а дальше как?
А дальше – брови карандашиком
Подрисовать – и все дела.

Упрячем перья мокрой курицы:
Пусть алый рот плывет над улицей,
Как флаг неведомой страны,
Где встречные почти не хмурятся,
И где Феллини и Кустурицей
Все зубы заговорены.

Остыл мой дом, пуста постель моя.
Идешь – в толпе глаза бесцельные
Поблескивают, будто ртуть.
На то и жизнь – чтобы не ладиться.
Волна горохового платьица,
Неси меня куда-нибудь.

Неси меня к друзьям на празднество
Или к врагам – какая разница,
Лишь бы дома качались в ряд
И губы – над волною шелковой:
Лишь, оглянувшись, подошел бы ты
Узнать – зачем они горят.

12.06.2017

* * *

Кто я, Господи, откуда я,
Почему в ночи не сплю,
Плечи в старый свитер кутаю,
От простуды водку пью?

Почему дорога лужами
И ухабами полна,
Почему чужого мужа я
Слушать за полночь должна?

Почему трава не кошена,
И удобства во дворе,
Карандашик в сумке кожаной,
В сердце – точки да тире?

Почему, как заговорено,
Прет – бурьяном – естество:
Как заводишь речь – не вовремя,
Как полюбишь – не того?

И не дивно ли, не странно ли,
Что заплаканной семьей
Облака летят, как ангелы,
Надо мной и над землей?

6.08.2017

* * *

Господи, если есть у Тебя рай
Ты меня туда, конечно, не забирай
К праведникам прозрачнокрылым,
Сама знаю – не вышла рылом.
А пусти меня на кухню через черный ход
В 41 год,
К Рябинкину Юре,
Чтоб за крестами бумажными ветры дули,
Буду варить ему кашу, класть по ложечке в рот,
И он не умрет.
Каждый день буду варить кашу –
Пшенную, рассыпчатую – а как же,
И когда он поднимет руку, то этот жест
Будет лучшим из Твоих блаженств.
День за днем буду варить кашу –
И о смерти, глядящей в лицо, Юра не скажет.
Буду варить кашу вечером и поутру –
И мама не бросит Юру, спасая его сестру.
И тогда я увижу краешком глаза –
Всеми шпилями сразу
Колосящийся, будто рожь,
Петербург небесный, в котором Ты всех спасешь.

12.09.2017

* * *

Кто мусульманкой бабочку назвал,
Тот не жилец уже на этом свете.
С утра одета в чистое, трезва,
Его душа не думает о смерти,

И сон ее тревожен и глубок,
Погашен взгляд, распахнуты ладони,
Она отыщет тихий уголок –
И думает, что скрылась от погони,

Что нипочем ей город-великан
Одышливый – шутнице, озорнице,
Что не за ней по рыжим облакам
Бегут подслеповатые зарницы,

Что черный ворон вьется не над ней
И тормозит не у ее подъезда.
Она уже почти в краю теней,
Но мешкает у входа – как невеста.

Ее не занимает кутерьма
Допросов, протоколов, пересылок,
Она не понимает, где тюрьма
Кончается – и возникает, зыбок,

Пейзаж, где даже отнятый паек
Не важен, и какую яму рыли,
И кто упал, и горизонт поет
И дышит, будто бабочкины крылья.

4.11.2017

* * *

Беги-беги походкой резвою –
Вверх – от разлуки до разлуки –
По лезвию любви, по лезвию,
Над городом раскинув руки.

Над этой улицею сирою,
Пустынной, заспанной, в халате,
Беги, опасно балансируя,
Как на невидимом канате,

Над этой жизнью бесполезною,
Скрепленной на живую нитку,
По лезвию любви, по лезвию,
Покуда нежности в избытке,

И над согражданами, падкими
До сладкого и дармового,
И над дождем, босыми пятками
Вдруг прыснувшим от постового,

Беги над пьяными и трезвыми,
По мокрым рельсам и по шпалам,
По лезвию любви, по лезвию:
Оступишься – и все пропало.

13.11.2017

* * *

Не до жимолости – хоть бы жалости –
Всем, кто в горести и усталости,
Всем, кто в сырости и во тьме,
Всем, кто в сирости и в тюрьме.

Не до жимолости – хоть бы милости –
Всякой малости, всякой живности,
И утопленному щенку,
И избитому пареньку.

Только милости – Бог с ней, с жимолостью –
Как же сделались мы прижимисты:
Набегающую слезу
Зарываем, как клад в лесу.

Нет нам жалости, нет нам милости –
Нашей стылости, нашей вшивости.

Нам поставят железные койки,
Чтобы плакал и молод, и стар,
Лишь в небесном приемном покое,
Где крылатый не спит санитар.

8.12.2017

* * *

Ах, как вымокло пальто,
Отсырели косточки,
Нет меня, и я никто –
Лишь горох на кофточке.

Кабы я была с тобой,
Была б я заметная,
А так – беретик голубой,
Я никто, и нет меня.

Бабушка-то, помнится,
Смеялась надо мной:
Быть тебе любовницей,
Не быть тебе женой!

Как посыпался снежок,
Так, глядишь, и вышло.
Выпьем-ка на посошок,
Да закусим вишней –

Нет, не вишней, а ледком
Молодым, незрелым –
Не сидеть мне ладком
С этим кавалером –

Все куда-то он спешит,
Родненький, торопится,
Белой ниткою шит
Зимний путь норовистый.

15.12.2017

* * *

Снег завесил занавеской тюлевой
Кухонное тусклое окно.
На земле моей, покрытой тюрьмами,
Погляди, по-прежнему темно.

В облаках дымится месяц узенький,
Куст топорщит пухлые бока.
А давай-ка за невинных узников
Мы поднимем к полночи бокал –

Поглядим на стол, на ель колючую,
Выпьем – ты кивнешь, и я кивну,
Хрупкое свое благополучие
Ощутив внезапно, как вину.

25-26.12.2017

2018

* * *

На молнию узкоколейки
Потертый застегнут простор –
До горла. Озябли. Налей-ка.
В углу кочерга и топор,

Замерзшими комьями воздух
Разбросан в остывшей избе
И быстрый ворованный отдых,
Дарованный мне и тебе,

И мир, припорошенный манной,
В дыму от чадящих печей,
Приправленный скудной, обманной
Любовью – и больше ничем.

16.01.2018

* * *

Как дивное дитя, чьи ножки в серебре,
Пошатываясь, снег пошел в ночном дворе,
У лестницы топчась, теряясь в трех столбах,
Улыбкою сквозной блуждая на губах
И трогая избы бревенчатый ковчег,
И сумку на крыльце, и магазинный чек.
Бушует мышь в стене, в углах клубится тень,
Коротенький огонь меж обреченных тел
Выхватывает то поленницу, то мост,
То остров на реке, то брошенный погост,
То церковь, как свечу, стоящую в полях,
То пестрый половик на крашеных полах.
Под утро снег устал и выбился из сил,
И купола задул, и губы погасил.

20-22.01.2018

* * *

Фонари друг другу глядят в затылок,
Крупный снег уносится в темноту,
И трамвай, как ящик пустых бутылок,
Рассыпает дребезги по мосту.

И, расталкивая лепестки метели,
Шерстяными шмелями, рука в руке,
Мы почти не движемся – еле-еле
Копошимся в белом ее цветке.

Пироги, салон красоты, Хинкали,
Остановка автобуса – все в пыльце.
Мы с тобой не первые извлекали
Мед небесный, тающий на лице,

По усам текущий, поскольку вечный,
И метель повторяла – иду-иду,
И объятий маленькое колечко,
Покатившись, падало в пустоту.

23.01.2018

* * *

Какая же светится нежность,
Когда обнимает пурга –
Как будто француз или немец,
Заброшенный в эти снега,

А вовсе не город, который
От стужи, похоже, забыл
Про банки свои и конторы,
Глотая морозную пыль, –

Бормочет, худой, удивленный:
Довольно, закончим игру —
Вконец заблудившись в колоннах,
Как в сонном морозном бору.

Он весь в лихорадке какой-то,
Слезится встревоженный взгляд,
И улиц больничные койки,
Застелены белым, стоят.

20.02.2018

* * *

Занесенные снегом сараи,
Плечи маленького городка.
Еду-еду, горю-не сгораю,
Тьма прозрачна, и тяжесть легка.

Огоньки, красно-белый шлагбаум,
Шпалы, шпалы, и снова огни.
Что мы нынешней встречей добавим
К звездной карте? Усни. Обними.

Этой ночью с завернутым краем
Стылой жизни, с подтаявшим льдом
Мы друг друга найдем, потеряем,
Потеряем и снова найдем.

И какая нам разница, где мы —
Не вини. Не печалься. Налей.
Зимний ветер, летящий, как демон,
И пустые глазницы полей.

1 – 3.03.2018

* * *

Уплывают льдины-лебеди
По Фонтанке по реке,
В хрупком сне, в предсмертном трепете
Исчезают вдалеке.

Уплывает с теми льдинами
Наше быстрое тепло,
Небеса висят пустынные,
Как вокзальное табло.

В городском тумане марлевом
Будем снова дни считать,
Пылью носится бездарная
Календарная тщета.

Чтобы в жалком нашем лепете
Не послышалось беды —
Уплывайте, наши лебеди,
Наши мартовские льды!

10.04.2018

* * *

Вечерами под окнами Блока
Черный ветер окурки метет.
Александр Александрович, плохо!
Дайте хоть постоять у ворот.

Александр Александрович, тяжко!
Не поможет ни сон, ни вино.
В мелкой ряби изогнутой Пряжки
Отражается ваше окно.

Целый век этим улицам снятся
Ночь, ворота, шагов череда –
Окаянные ваши двенадцать
Все никак не придут никуда.

Не страшит их ни мор, ни разруха,
Не собьешь зачарованный шаг:
Из войны до ГУЛАГа – по кругу
На войну – и обратно в ГУЛАГ.

Ни серебряных пуль эта сила
Не боится, ни жарких сердец.
Александр Александрович, милый,
Уведите же их, наконец!

11.04.2018

* * *

На глиняной дороге вафельной,
Где в ямах ржавая вода,
У кочек в земляничных капельках
Стоять останусь навсегда —

Лишь бы не обрывалась музыка:
Собаки, пилы, голоса,
Лишь бы автобус с желтым кузовом
Опаздывал на полчаса,

Горел, накрытый красной скатертью,
Сквозь елки праздничный закат,
И Ленька на упреки матери,
Бездельник, мямлил невпопад,

Лишь бы на кошку бабка шикала,
Сосед буянил, загуляв,
И, прах взметая, местный жиголо
Летел на ржавых жигулях,

И день, почти лишенный горечи,
Мерцал среди пустых полей,
Как стопка водки с хлебной корочкой
Под фотографией твоей.

2.05.2018

* * *

Ночь бела – не видно дна,
Звездного парада.
Ты один, и я одна –
Очень странно, правда?

Вот же – руку протяни –
А не дотянуться.
Звякнули над нами сны,
Словно чашки-блюдца,

Высыпался на мосту
Тенорок трамвая –
Это я к тебе иду,
Глаз не открывая,

Через спящие дворы –
Прямо и направо,
Раздвигая фонари,
Как сырые травы.

9.06.2018

* * *

Что же я делала – дура полная –
Целый день о тебе не помнила!
Хвостик трамвая, листик салата –
Где же я бегала, чем жила-то?
Все эти встречи да разговоры –
Будто бы в форточку влезли воры
И не какие-то там рубли –
Взяли – и душу мою унесли.

10.07.2018

* * *

Летний лес – как мир перед войной –
За стеной сорочьи перебранки,
И подушки мха, и ты со мной,
Теплая кора, смола из ранки,

Флаги солнца и моторы пчел,
Белый гриб, Филонов и Дейнека,
Ты со мной и наизусть прочел
Тютчева, и не бывает снега.

Вьющийся рябинный крепдешин,
Бузины взволнованное знамя,
Только сосны на помин души
Зажжены, а чьей – пока не знаем.

Долго-долго смотришь на меня,
Дышит отцветающая кашка,
И горящей осени стена
В двух шагах, но не видна пока что.

24.08.2018

* * *

Она придет – мы встанем раненько,
Поежимся разок-другой,
И новенького льда керамика
Нежданно хрустнет под ногой.

И будет Джотто: синь и золото,
Шиповник, тлеющий в горсти.
Она придет – но что расколото,
Уже не склеить, не спасти.

И что ей благолепье Джоттово –
Поселок, рощица, перрон –
Она возьмет и подожжет его,
Не дрогнув, с четырех сторон.

И клены по ветру закружатся
И звезды красные свои,
Не удержав, уронят в лужицы
И в глиняные колеи,

И зашатаются, как пьяные,
Теряясь к ночи в трех соснах,
Забор, крылечко с Мариванною
И небо в крупных орденах.

21 – 22.09.2018

* * *

Улетают гуси цепочкой рваной,
И дубы наливаются темной медью,
И бухгалтер-ветер, поднявшись рано,
У осин принимает листву по смете.

Полон лес задумчивого сиянья,
Из прорех сквозящего озаренья –
Что к концу полнее всего слиянье
Полегчавших тел, обреченных тленью.

К каждой ложке золота и роскошной
Синевы – подмешана капля яда.
А дружку в ключицу уткнешься – кожа
Пахнет яблоком из чужого сада.

11.10.2018

ЭЛЕГИЯ О ЖИЗНИ, СМЕРТИ И ЛЮБВИ

Вот я и старше тебя, родная.
Носится ветер, листву сминая,
Дышащим тяжко большим конем.
Солнцу теперь – исподлобья зыркать.
Папину скрипку и бескозырку
Помнишь ли, плачешь ли ты о нем?

Вот он насвистывает и вертит
Чашку в руках, не заметив смерти,
Нарисовавшейся у дверей.
Кажется, только что мы расстались.
Тополь, накинувший снежный талес,
Мерно качается, как еврей,

Тихо молитву свою бормочет.
Страшно ему на пороге ночи –
Что, если шепот его – фигня?
Страшно и мне на пороге кухни.
Скоро напротив окно потухнет.
Любишь ли, помнишь ли ты меня?

Помнишь ли берег балтийский длинный,
Сизые волны, зонты, кабины
Пляжные, мяч волейбольный, гам,
Праздничных летних кафе скорлупки,
Помнишь зеленые наши юбки,
Ветром прилепленные к ногам?

Оредеж, красный его песчаник
Помнишь? На даче вздыхает чайник,
Скатерти краешек полосат,
Радиоточка, обрывок песни
Жалостной, где пастушок любезный
Мнется и все не идет плясать.

Мир раскурочен и снова создан
Наскоро. Тесно в окошке звездам,
Севшим, как птицы, на провода.
Не представляю тебя старухой,
Полной обидой, трухой, непрухой, -
Ты и не будешь ей никогда.

Время, как гунн, не тебя ограбит –
Образ твой накрепко смертью заперт,

Буквой затерян в снегу листа.
Ну, а меня разорят до нитки,
Зеркало впишет мои убытки
В тихую воду свою. Ну да,

Горе сестры нашей – где ты, Шиллер,
Где ты, Шекспир, – океана шире
При расставании с красотой,
Будто с любимой своей дочуркой.
Трогай лицо мне ладонью чуткой,
Нежности полной, теперь – пустой.

Ты же нашла меня, как ацтеков,
Ты возводила меня, как церковь,
Ты же читала меня с листа:
Все, чего ты касалась руками,
Не оставляя камня на камне,
Рушит невидимая орда.

Я тебя старше, родная. Что же,
Мы поменялись местами. Кожа
Строк торопливых полна – и пусть.
Бог не заметит в метельной пыли –
Ты надо мной наклонишься, или
Я к тебе, маленькой, наклонюсь.

29.10.2018

Я здесь, я с вами, я одна из вас,
Спешащих на работу ли, на праздник,
Я – ваших окон ледяная вязь,
Я – ваша мысль – то вспыхну, то погасну.

Я – в сером ветре, в хмуром старике,
Остановившемся на перекрестке,
Я здесь, я в вашей адресной строке,
В оранжевых наушниках подростка,

Над вашей чашкой – в голубом пару
И на дорожке, где мелькает лыжник:
На вашем нескончаемом пиру
Не буду званой – и не буду лишней,

И что бормочет в оттепель вода –
Переведу, спеша и запинаясь.
Я здесь, я с вами, слышите, – всегда,
Одна из вас, одна их тех, одна из.

29.12.2018

2019

Дальнего леса размытая сажа,
Белое поле, жухлый тростник.
Наполовину душа из пейзажа
Соткана,

         наполовину из книг.

Правда ведь, мы уже где-то видали
Снег по колено, мерзлый люпин,
Небо, расчерченное проводами
И над железной дорогою дым.

Правда, ведь мы уже видели где-то
Снег, выбегающий под фонарем –
То ли Одиллия, то ли Одетта,
Черен кустарник, партер покорен.

Мы же видали – строем, как зеки,
В сером шагают столбы без числа.
Будки, заборы, сараи-калеки,
Сжатые губы, замерзшие реки,
Лает надрывно верный Руслан.

Что-то разлито в воздухе вдовье –
По озерцам, засохшим хвощам,
По полю, по облаков изголовью.
Сердце сжимается *странной любовью*,
Тою, что Лермонтов нам завещал.

9 – 10.01.2019

* * *

Елки держат снег на вытянутых руках.
Заблудился кустарник в складках ночных рубах,
И ручьи уснули в стеклянных своих гробах,
А тепло осталось лишь на твоих губах.
Магазин закрылся, улица опустела.
Дети тащат санки домой – накатались с гор,
Пролетает поезд – блестящ, говорлив и скор,
Наступают сумерки – наискось – на забор,
На дорогу, на важный трактор, и разговор
У калитки перетекает в спор,
Кипяток в цветастую чашку, и тело – в тело.
На торчащем месяце, как на крюке – пальто,
Повисает облако. Нас не найдет никто.
И метель поднимается: в голых ветвях гнездо,
Магазин, и почта, и все, что случилось до
И случится после когда-нибудь – тонет в белом.

11.01.2019

* * *

Вот он, модерн, глаза зеленые,
Лица мучительный овал.
Вьюнок, осока. Губы сонные –
Болотный бог поцеловал.

Цветут зарницы революции,
Тихи, несбыточны, легки,
В пролетке – дальше, чем до Слуцкого,
На Охту или на Пески.

Потеют штукатур и кровельщик,
Над туфелькой струится шелк –
Ан вытекла из шеи кровушка,
Едва моргнул – и век прошел,

И к Вологде прижалась Вытегра,
Осиротевшая Нева
Негромко охнула и вытекла
Из акварели Бенуа.

На стенах – в копоти, в испарине –
То цаплю встретишь, то жука,
Как будто взяли дочку барина
И выдали за мужика.

Смотри, как тошно ей, как плохо ей –
Разбит фонарь, заплеван пол,
И легкий венский стул – эпохою
Застыл – как мертвый богомол.

12.02.2019

* * *

Набери меня, как проснешься, -
Ну, конечно же, наберу.
Громыхая, трамвай пронесся,
Спит река в голубом пару,
И на всей земле, по периметру –
Набери меня, набери меня!

Долго, тщательно, как наборщик
Набирает, шепча, букварь,
Набери меня – больше, больше,
Как прохожих – сырой бульвар.
Назови ты меня по имени,
Безымянную – набери меня!

Словно армию, словно скорость,
Набери меня – словно хворост,
Воду – плещется по ведру,
Чистый воздух – поглубже в грудь.
Набираешь – слетают саночки,
Разгоняясь, со снежных гор,
И врезаются голоса наши
В самый дружный на свете хор –
От Архангельска и до Римини –
Набери меня, набери меня!

14.02.2019

Зима тряхнула рукавом –
И выпали дома, троллейбусы,
Собачий лай, трамвайный звон
И дым – стоит и не колеблется.

Из вышитого рукава
Поплыли улицы, как лебеди,
Остроконечные слова
И круглые – как будто нехотя,

Зеленые грузовики
И блик на пуговке надраенной,
Ушанки, варежки, штыки,
Ларьки и рынки на окраине,

И комната, где двое спят,
И свет, блуждающий по мебели,
И дни, повернутые вспять –
Как будто не было.

30.01 – 5.03.2019

* * *

Любовники друг друга раздевают –
Как будто бы конверты разрывают,
Нащупывая теплое письмо,
Которое читается само.
Они себя друг другу посылают,
Как в первый раз – и прошлое стирают,
И вынимают легкие тела,
Чтоб до утра читать их – добела.
И голое письмо или записку
Они к глазам подносят близко-близко,
Не выпуская из дрожащих рук,
И щурятся – ведь каждый близорук.
И губы их сливаются, читая,
Вороньих букв невидимая стая
То кружится над ними в темноте,
То оседает где-то в животе.

21-22.03.2019

* * *

Проплыл трамвай вдали и замер –
Как в рюмку белого плеснул.
Бог, декоратор и дизайнер,
Развесил в воздухе весну:

Листвы прозрачные фонарики,
Качающиеся легко,
И луч, и в переулке маленьком –
Подробный цокот каблуков.

Шерсть облаков свисает клочьями,
Таджики дворик подмели,
И вылетают на обочины
Мотоциклисты и шмели.

28.04.2019

А я всегда хотела – замужем
По тихой улице идти,
При детях и в костюме замшевом,
Цепочка шею холодит.

Она, цепочка-то, холодная,
Стекает с шеи ручеек,
Да вот любовь-то подколодная
Стучится в ребра – чок-чок-чок.

Я не хотела это яблоко,
К тому же, кислое оно –
Да по Неве плывут кораблики,
Течет по палубе вино.

Живем от пристани до пристани,
За нами дверка – щелк да щелк,
Встает рассвет бессонный пристальный,
И катится Нева со щек.

29.05.2019

* * *

На поднос, не жостовский, голубой –
Желтый лист березовый, грошик медный:
Осень разгорается, как любовь,
Поначалу кажется незаметной.

Поначалу что там – банальный флирт,
Поблестит чуток и сыграет в ящик.
Красной краски тюбик да желтой – литр,
И огонь какой-то не настоящий.

Но пока ты мудрствовал и решал,
Что же это – Гжель, Хохлома ли, Палех,
Точно печь открыли – пожар, пожар,
Дураку понятно, что мы попали,

Что уже охвачены все дворы,
Все леса полны золотым безумьем,
Что спасаться поздно, лишь до поры
Повисает в небе гусиный зуммер.

Золотым и красным горят тела,
А плечо заденешь – и сразу искры,
И еще не скоро – зола, зола,
Утро, иней, яблоки в синей миске.

28.08.2019

* * *

Хорошо Александру
С изменившим Лепажем в руке,
Его ангел глиссаду
Не осилил, сорвался в пике.

Хорошо и Мишелю:
Стал мишенью – зато не зачах
С золотой вермишелью
На суконных казенных плечах.

Хорошо Николаю
В Ковалевском просторном лесу –
Ни Руслан не залает,
Ни баландою не обнесут.

Как сияет кончина
Отметая подробностей гнёт!
А кому не по чину
Погибать – затаённо вздохнет.

12.09.2019

* * *

Мы с тобою выпьем рюмочку
И оглянемся окрест:
Что-то в нашей тихой улочке
Устрашающее есть.

Дом с отбитой штукатуркою,
Вся в лишайниках стена,
За витриной с хлебом-булкою
Яма черная видна.

Тонкой пылью припорошены
Парк, оранжевый батут,
Ошарашенно прохожие
Ходят, песен не поют.

То ли окна непротертые,
То ли где-то рвутся швы:
Всё вокруг такое мёртвое. —
Ты, пожалуйста, живи.

14.09.2019

* * *

Пусть не течет вдоль позвонков липкая влага –
Нет Соловков, нету "Крестов", нету ГУЛАГа,
Нет на полу
                        сбитой под дых "подлой вражины",
Нет управдомов, нет понятых (все хороши мы),
В камере нет капель воды, не затихая
Льющихся, нет тухлой еды, нет вертухая,
Нету ни "Курска" и – потерпи – нету Беслана,
Нет на Донбасс черной тропы – к смерти бесславной,
Нет у метро – дома сиди! – шлемов ОМОНа,
Нет бубнежа сонной судьи, нет угомона
Этой земле, этой судьбе, нету майора –
Ни КГБ, ни ФСБ, нет приговора
Между костров мокрой листвы, желтых и рыжих,
Нет ничего, кроме любви, – слышишь? Ты
                        слышишь?

15-17.09.2019

* * *

Встретимся никогда в городе Ноябре.
Будет метаться лист палый в пустом дворе,
Взмоет вороний хор, над чердаком трубя,
В комнате никакой я обниму тебя.
Звякнет трамвай, дрожа стёклами, как желе,
Сад в кружевном белье, ветер в чужом жилье
Кинутся из-под ног, влагой дохнут – не суть.
Я по твоим губам выучу наизусть
Улицу, поворот, узких ступенек ряд –
Нашей с тобой виной здесь фонари горят,
Нашим дыханьем здесь ветки напоены,
Мальчик идет в толпе, видящий наши сны.
В городе Ноябре – разом со всех сторон
Снег полетит, кружась, как колокольный звон, –
Мы полетим за ним молча, за кругом круг,
Не разлепляя губ, не размыкая рук.

27.11.2109

Бесснежная пора. Опричников
Глухие черные машины.
Повсюду серый и коричневый –
И ветер общего режима.

Такое тяжкое, предзимнее
Нависло небо над мостами,
Что хоть сегодня не грузи меня
Отчаянными новостями –

И наводненьями, и тюрьмами,
И пареньками за решёткой.
Пока трагедия котурнами
Гремит по мостовым – чечеткой,

На Волге, на Неве, на Яузе, –
Между привычкою и долгом
Душа поставлена на паузу –
Между собакою и волком.

20.12.2019

2020

* * *

Подожди, как же мне пережить это,
Не ослепнуть, не съехать с ума –
Ветки чёрные, к небу пришитые,
И залитые солнцем дома.

Вон торговка носки разложила,
Вон поставлены розы в ведро,
В тучах золотоносная жила
Открывается у метро,

Зажигается капля на ветке,
И хурма покатилась с лотка...
Красота тяжела человеку –
Оттого-то и жизнь коротка.

22.01.2020

* * *

И голуби, свистящие, как пули,
И узкий двор, и лавочка в тени,
И вывеска "Столовая". Люблю ли,
Не спрашивай – а на небо взгляни,

И на дома – сырые, настоящие,
На ровные квадраты белых рам,
Газон, помойку, сваленные ящики
И на углу грузинский ресторан –

Всё в первый раз как будто, всё в диковинку –
И площади подкова, и Нева,
Сбегающая к морю, как к любовнику,
Раскинув для объятий рукава.

12.02.2020

Господи, почему всё так плохо,
Почему, куда ни сунешься, всё не так,
И только произнесёшь: "эпоха" –
Из-за угла выползает танк.

Или автозак. И это неверно в корне.
Иногда мне кажется, нету ни стран, ни рас,
А есть только мы и люди в военной форме –
И они догоняют нас.

Они за нами гоняются, как за молью,
Догнав, пытают, а мы кричим.
Просто им нравится, когда нам больно –
Чем нам больнее, тем выше им светит чин.

Вот он – схватил кого-то, бежит обратно,
Бьет паренька дубинкой, впадая в раж.
Я говорю себе медленно: это брат мой.
Медленно. Брат мой. Сквозь зубы. Внятно.
Глядя на сытую харю и камуфляж.

25.02.2020

Умирает зима, не родившись –
Пустота в канцелярской графе.
Бенедикт Константинович Лившиц
Пробирается ночью в кафе,

Огибая помойные баки,
Пробегая заплёванный двор,
Серой тенью бродячей собаки
Подбирая чужой разговор:

То ли мы, искушенные в бедах,
Разболтались и подали весть,
То ли орден убитых поэтов
До сих пор собирается здесь.

Проступают – сквозь стены, сквозь ниши –
Ручейки, кровяные тельца,
Он их слышит – и видит – и пишет
Там, высоко, в созвездьи Стрельца,

Имя каждое ласково лепит,
Уголёк раздувает в золе.
Мокрый снег, умирающий лебедь,
Всё летит, припадая к земле.

4.03.2020

* * *

А если не любить, куда ж это
Девать – оркестрик у метро,
Ограду, сквер, годами нажитый,
Ларёк и прочее добро?

А голова, а руки-ноги-то,
А *топи блат*, а *утлый челн*?
Всё будет выкинуто, пропито –
Хранить зачем?

Ни хлопья облачного творога,
Ни блик, горящий на трубе, –
Ты знаешь, ничего не дорого,
Когда не дорого тебе.

И всё насмарку – ветер западный,
И прошлогодняя трава,
Мостов расстегнутые запонки,
Невы пустые рукава.

8.03.2020

* * *

Между звёзд – бельевая верёвка.
Крыша в инее. Дым из трубы.
Спутник, шустрый, как божья коровка,
Пробирается в ёлках. Терпи –

Самолет, расстоянью переча,
Не летает. Мерцает река.
Между нами – от встречи до встречи
Без перил и страховки – строка.

29.03.2020

* * *

Свет вырубился. Мы зажгли свечу,
Печь растопили, подогрели кашу.
Вокруг внезапных огненных причуд
Раскинулись по стенам тени наши,

А наши мысли вышли из углов.
Дождь кончился, в окно стучался ветер.
В печи дышала гроздь багровых дров,
Ведро воды сипело, как Дарт Вейдер.

И потянулись к нашему столу
Гуляки, зависающие в клубах,
Мазурики, прилипшие к стеклу,
Раскольники, сгорающие в срубах,

Монахи, старцы, странники, хлысты,
Философы, филологи и волки,
Глядевшие на нас из темноты,
И парень с Че Геварой на футболке,

А прочий мир исчез в ночной золе.
Все на свечу глядели, не мигая,
Пока она плясала на столе,
Испуганная, стройная, нагая,

Как будто слово уголками губ,
Творя миры без видимых усилий.
И свет зажёгся – беззастенчив, груб.
И мы его, конечно, погасили.

12.04.2020

* * *

Бог взял меня с собою в путешествие,
Вагон плацкартный, половина женская,
А мог бы и не взять — и вот, пожалуйста,
Катись, смотри в окошко и не жалуйся
И не считай на пальцах, сколько пройдено.
А за окошком проплывает родина
С оторванными досками, задворками,
Растрёпанными птичьими галерками.
Деревья разговаривают жестами.
Бог взял меня с собою в путешествие
И по дороге рассовал диковинки,
Чтоб не скучала — дети, да любовники,
Да Бродский, да Раскольников, да алые
Верхи лесов вечерние — да мало ли.
Бог взял меня с собой — мелькают станции.
И мне на каждой — выйти бы, остаться бы —
До краткого объятия, до августа —
Но всё быстрее поезд разгоняется,
Я всё глазею на посёлки дачные,
И Бог глядит — через меня, прозрачную.

8.05.2020

ФРАНЦУЗСКИЙ

Все языки как языки, и только французская речь
Умеет, как мяч над сеткой, летать, бежать,
                              подпрыгивать, течь.
Она похожа на старый парк, на аллею в солнечных
                                          пятнах,
На речку – ты можешь ее не знать, и все же она
                                        понятна.
Все языки как языки, а этот ты просто пьёшь,
В животе появляются пузырьки, в пальцах – лёгкая
                                          дрожь,
Он вьётся дорогой вокруг горы, трещит дровами в
                                          печи,
А когда Пиаф пропоёт – *Rien* – ты в обмороке почти.
Хорошо, что Пушкин на нём болтал, обычаю не
                                        переча, –
Французский лился из всех плотин на мельницу
                                    русской речи.
Да нет, не братья, не двойники – а просто зима,
                                        темно,
Метель, перепутаны женихи, отчаянный взгляд в
                                          окно.

8.07.2020

* * *

Я изменяю тебе с сентябрём,
С каждым листом – золоченым, багровым,
С горестным запахом, что растворён
В воздухе, с синим просторным покровом,

Лёгшим на головы дальних осин,
Тёмное поле, сияющий тополь,
С шорохом, с дождиком быстрым косым,
Что прохудившийся вечер заштопал,

Я изменяю бездумно, взахлёб –
С облаком, с пёстрой лесною подстилкой:
Видно, врасплох меня осень застигла,
Лёгкими пальцами трогая лоб.

Вот я кладу, как на шею твою,
Руку на жёлтую ветку резную,
Вот я лицо погружаю в струю
Стынущих листьев – и слышу: "ревную".

15.10.2020

* * *

Встретит меня Господь: устал от твоих грешков.
Ворох твоих стишков, всех твоих мужиков
Вместе с горой пирожков, не испечённых к чаю,
Я тебе прощаю, а замученных двух жуков
В спичечном коробке – вспомнила? – не прощаю.
Я их делал своими руками, тратил на них часы –
Как они скрипели, как дёргались их усы,
Как они вырывались – в траву, в кусты ли –
Но ты их не отпустила.
А ещё – торопила бабушку: доедай поскорее торт
С шоколадной глазурью – вспомнила? – вот он, тот
Кусок, для нее последний,
Но тебя уже дожидался дружок в передней. –
Этого не прощу –
                   и тут уж я всё пойму,
Повернусь и брошусь опрометью во тьму
Зимней ночи белой, а может, летней.

1.11.2020

2021

И снег идёт, и жизнь приснилась,
Вся мгла ее и кабала,
И весь бардак ее, и сырость,
И тлеющие купола

Собора в месиве метели,
И красные глаза машин,
И лёгкий тополь, над котельной
Плывущий облаком большим.

Всё белым схвачено, помечено,
И чёрный воздух, и герой,
И плавный шлем его, и меч его,
И дом, взмывающий горой.

Смотри, как весело, как здорово,
Виляя огненным хвостом,
Трамваю огибать Суворова
На площади перед мостом,

Искрить, покуда я иду к тебе,
И лёд скрежещет, как металл,
И метроном из репродуктора
Еще не всех пересчитал.

21.01.2021

* * *

Зима должна быть длинной, как любовь,
Как дым из труб – витиеват, надмирен,
Как лязгающий поезд на Тамбов
С сырым бельём и продувным сортиром.

Зима должна быть пухлой, как крыльцо
В густом снегу, и крепкой, как настойка
На горестной калине, как словцо,
Слетевшее в сердцах – но не настолько.

Зима должна быть с твёрдой кожурой,
Пружинящей, скрипящей под подошвой,
С пульсирующей мякотью – жарой,
Огнём, углём, дымящейся картошкой.

Дай ей созреть – не рви её, постой
У зеркала, расчёсывая пряди.
Зима должна быть белой и пустой –
Как руки в ожидании объятий.

19.02.2021

* * *

Господи, пощади наш Содом,
В этом Содоме – мой дом,
Тёплые заспанные тела
Детей, компьютер, кошка, и метель под утро мела.
Я, конечно, не Авраам,
Чтоб говорить с Тобой – но за крестами оконных рам
–
Уж какие ни есть, корявенькие –
Тоже найдутся праведники:
Продавщица из пирожковой, Валя,
Учительница, забыла, как звали,
Доктор Нина Иванна, дворник Феруз.
Ошибиться боюсь –
Ну, хотя бы пять, ну хотя бы десять.
Интересно, смогут они перевесить
Весь этот пухлый ворох
Воров, прокуроров,
Судей, гэбистов –
Или суд Твой будет неистов,
Всех отдашь огню-палачу...
Всё, молчу, молчу.

2.03.2021

* * *

Стоит деревня над Ветлугой, Пустошка,
От водки весело, да с похмела́ тошно.
У дяди Коли глаз задумчивый, карий,
А над деревней пролетает Гагарин.

– Американцы, – говорит дядя Коля, –
Над нами кружатся, видать, наше поле
Им шибко нравится, и речка, да хрен им!
Куда ты, Верка, обожди-ка с вареньем –

Грибов достанем да бутылку нашарим.
– А сын-то где же? – Да в райцентре пожарным.
Разлей по стопкам-то, расселись, как баре. –
Петух поёт, и пролетает Гагарин

Над стадом медленным, над Зорькой, Пеструхой... –
А нет Пустошки, над последней старухой
Снежок просыпался, и облачко тает,
Забор упал, один Гагарин летает

Над лесом замершим, он вечно в полёте,
Его улыбка пожелтела в киоте
Меж Богородицей и розой бумажной
И фоткой свадебной Серёжи и Маши.

Летит Гагарин над забытой землёю,
В целинном космосе – кротом землю роя,
Пласты послушные взрезая, как плугом,
Ракетой острою – над речкой и лугом.

Летит над зоною, над хатой, над юртой,
Пустое небо улыбается – Юрой,
И смотрит, голову задрав, дядя Коля,
Не видя больше ни Ветлуги, ни поля,

Ни пьяной Верки – он со звёздами рядом,
Прощён, оправдан, и туман – будто ладан,
И тает родина, хоть спичкою чиркай
В ночи – гагаринской улыбкой чеширской.

10.03.2021

* * *

Забыв ключи, зима вернётся.
Послышится из-за дверей –
Чужая женщина смеётся,
Болтает в комнате твоей,

Кричит из кухни – хочешь чаю?
Порхает, чашками звеня,
И, ей привычно отвечая,
Ты тихо смотришь на меня.

Зима, звеня ключами, тает,
Но льдинка под крыльцом цела.
Густой апрельский снег летает –
Как будто вишня расцвела.

2.04.2021

* * *

Кверху килем на́ небе просторном
Крыши перевёрнутый корабль.
Я тебе никто, и ты никто мне,
А в глазах – бревенчатая рябь.

Листья ив на мелких рыб похожи,
А ступеньки от дождя мокры,
И под тонкою небесной кожей
Ходят грома крупные бугры.

Ёлки потянулись караваном,
К стёклам наклоняется вода.
Мы плывём по волнам деревянным
В лес, друг в друга, в полночь, в никуда.

20-21.07.2021

* * *

Когда приходят плохиши,
Сопят и клацают оружием,
Все рассуждения для души
Оказываются ненужными.

Стоишь один, как идиот,
Под дождиком и веткой жёлтою,
Убьёт, – бормочешь, – не убьёт, –
И ищешь что-нибудь тяжёлое,

Хотя и не умеешь бить,
Хотя сражался только с мухами,
Готовишься – то отступить,
То сдохнуть с песнями и муками.

В мозгу всплывает динамит,
Дубина и топор из кремня,
И отвратительно шумит
Пустая раковина времени.

18.08.2020

* * *

Как ты сказал, как я заплакала –
А что же я еще могу?
И осень замахала флагами
Багровыми на берегу.

Иди скорей – какая разница,
Имеешь тело или нет.
Приходишь – наступают праздники,
Без дополнительных примет.

Трава шевелится и колется,
И ходит яблоня, легка.
Нам хватит на двоих и голоса,
И глаз моих, и языка.

Кто что имеет, тем и делится,
Поскольку мы с тобой – одно,
И слово никуда не денется
И станет крепче – как вино.

Как ты сегодня целовал меня,
Ни человеку, ни стрижу,
Ни даже ангелу дневальному
Суровому – не расскажу.

19.08.2021

* * *

Мы с тобой в лесу опускались на мягкий мох,
По черничным кустам, хвощам проносился вздох,
Разрывались над нами небесные кружева,
Я тебя обнимала – и знала, что я жива.
Пробивался луч меж ёлками, негасим,
Бормотала осина, дрожа – если будет сын –
И рябинный куст подхватывал на ветру –
Не забудь тогда – а дальше не разберу.
Шелушится ёлки чешуйчатая кора,
Раскрывают сойки пёстрые веера,
Ходит солнце по лесу, ищет кукушкин лён,
Ходит мальчик с корзиной меж световых колонн –
Он ходил всё лето, но не нашёл тебя.
Замирает лес перед заревом сентября.
За деревней, слышно, товарняки гремят,
Ну, а мох, где лежали мы, до сих пор примят.

6.09.2021

* * *

Родина жестокая и страшная,
Ты меня не спрашивай, зачем
Пол немытый, щи позавчерашние
И рубец распухший на плече.

В коммунальной серости и скудости –
Крыша в дырах и окно в пыли –
Ты меня не спрашивай, откуда здесь
Тайный свет сквозит из-под земли,

И откуда этот страх прилипчивый,
Вечный, как мочало на колу,
Пепельница, лампа, стол коричневый,
Ком кровавых тряпок на полу,

И пока мерцает речка чистая,
Ускользающая за лесок,
Почему мы умираем истово
У твоих нечищеных сапог.

3.10.2021

* * *

У Господа много имен –
Все те, кого любим –
Данила, Иван, и Семён,
И Соня, и Люба.

Когда мы проводим рукой
По тёплой их коже,
Как будто склонясь над рекой,
Мы гладим – Его же.

Когда ж мы уходим – пора,
На маленькой кухне
Он с ними сидит до утра,
И веки припухли.

Он наши твердит имена –
Серёжа, Оксана –
А кухня темна и нема,
И каплет из крана.

10-11.12.2021

* * *

Что осталось – только дождик мелкий,
Бывший цех, кирпичная труба,
Кучка мужиков на опохмелке,
Прогоняющих чертей со лба,

Ветхий дом, на улице колонка,
Чурбаком подпёртое крыльцо,
Матери, орущей на ребёнка,
Молодое злобное лицо,

Люк открытый, санки на балконе,
Велик на четвёртом этаже,
На воротах календарь с иконой,
Мат неспешный в шиномонтаже,

Хозтовары, школа, пыль густая,
Жёлтый пёс несётся, сам не свой –
И зачем-то музыка летает,
Медленно кружит поверх всего.

17-18.11.2021

* * *

Волхвы заблудились. Базар
Еловый открылся.
Каспар, Мельхиор, Балтазар
С тарелками риса

Приткнулись в бытовке. Прораб
Пустил их к печурке,
Привычно сперва наорав –
Везде эти chурки.

Они издержались в пути,
За ужин горячий
На стройке мешки до шести
Таскали, корячась.

Им только согреться, в толпу
Кипящую влиться,
Которая видит в гробу
Их мятые лица.

За каждым окошком – товар,
Укрытый от ветра,
Шаверма, холодный пожар
Торгового центра,

Халаты, пиджак голубой,
Обёрточный глянец,
И вишней в витрине любой
Созрел Санта-Клаус.

И всюду сугробов горбы,
Стоящие дыбом.
В пути заблудились волхвы,
Не видно звезды им.

Кому же среди пустырей
И бензоколонок
Метель дошивает скорей
Так много пелёнок,

Кому, наклонясь на бегу,
Бормочет – готовься?
Прижались машины в снегу,
Как белые овцы.

Волхвы, распрямясь во весь рост,
Шагают в потоке
Густых обжигающих звёзд,
Летящих с востока.

17-20.12.2021

* * *

Когда заест пластинку,
И прекратимся мы,
Останется простынка
На зеркале зимы,
И воробьёв семейка,
И чашка для питья,
Рассыпчатого снега
Остывшая кутья,
И зарево над садом,
И чайник на плите,
И чей-то голос, рядом
Звучащий в темноте,
И переулок ветреный,
И старое пальто,
И Лермонтов серебряный,
И Пушкин золотой.

22.12.2021

2022

* * *

Снег идёт. На ходу ему снится
Дом, колодец, тропинка, дрова.
Это бабка моя, кружевница,
В сером небе плетет кружева.

Ни деревья, ни односельчане
Не видны у неё за плечом:
Мир зачёркнут и начат сначала,
Мы с тобой не встречались ещё.

Ни войны, ни победы, ни кромки
Рва расстрельного в Красном Бору,
Ни Утёсова, ни похоронки,
Ни бегущих людей по двору.

И родимся ли мы, непонятно,
И сожмёшь ли ты руку мою –
Только валятся белые пятна
Только где-то – на самом краю,

За посёлком – готова заплакать,
Удивленно стоит на углу
Ёлка в белых перчатках по локоть,
Как Наташа на первом балу.

6.01.2022

Зима, побудь ещё немножко,
Постой в дверях, не уходи –
Соседкой с ледяною брошкой,
Не тающею на груди.

Вокруг – следов густые петли,
Заденешь ветку – снежный прах.
Не уходи ещё, помедли,
Поговорим о пустяках,

Пожалуемся между делом,
О мёртвых вспомним, о живых.
Ты выбежала в платье белом,
Да потерялся твой жених.

Усядемся на кухне тесной
И проболтаем до утра.
Мне всё казалось, ты невеста,
А пригляделась – медсестра.

22-23.01.2022

* * *

Гробов не будет. Наших детей сожгут
В походной печке, а дым развеют
Над украинским полем, и чёрный жгут
Сольётся с дымом пожара – вон там, левее.

Вместо тела вежливый капитан,
Позвонив в квартиру, доставит пепел
В аккуратном пакете и молча положит там,
Под фотографией, где залихватский дембель

Перерос в контракт. Расстегнув портфель,
Вынет бумагу и, дёрнув шеей,
Будто что-то мешает, усядется, как на мель,
На табурет: подпишите неразглашенье.

Она подпишет. И он поспешит назад
Мимо телека с Басковым недопетым
И двухъярусной койкой, где младший брат,
Девятиклассник, с него не спускает взгляд,
Свесившись – будто ждет своего пакета.

26.02.2022

Мои сыновья не пойдут убивать –
Я спрячу их в чащу, в подвал, под кровать,
Для чёрного дела вам их не достать –
Ни старший, ни младший – не кат и не тать,
Оставьте мечты – украинская мать
Не будет рыдать по вине их.

Велите сражаться своим сыновьям,
Раздайте разгрузки их сытым друзьям,
В полях украинских – немеряно ям,
Где глубже – подскажет вам вещий Боян,
Поскольку слепому виднее.

Мои сыновья не пойдут на войну –
Я каждого чёрным дроздом оберну,
И вам не достать их, как с неба луну,
И с вами они не разделят вину,
Останется чистым их сердце:
Топтать под проклятья чужую страну
На светлом Днепре, на широком Дону
Не будут их пыльные берцы.

26.02.2022

* * *

В ресторане музыка играет,
Женщина, свеча, бокал вина.
Украина – это где-то с краю,
Никому отсюда не видна.

Рвётся пламя, рушатся кварталы,
С площади доносится: "Ганьба!"
Женщина движением усталым
Поправляет волосы у лба.

Матовая белая посуда,
Капучино с пенкой и десерт.
Проплывает далеко отсюда
В дымке – чья-то маленькая смерть,

Точкою, горошиною, только
Никому пока что невдомёк –
Рухнет и сюда, за этот столик
Весь в крови, бесформенный комок.

6.03.2022

* * *

И приходит вошь.
Ты морщишься, но беды не ждёшь.
Она раздувается долго, покуда вождь
Не проступит из-под белесых ресниц.
Чесаться поздно – приказано падать ниц
И отдавать ей всё, чем ты раньше жил –
Парк, метро, крыши, карандаши
В школьном пенале, сына, дочь,
Под шипение: отдавай и убирайся прочь.
Ты лежишь и думаешь: как же так,
Почему я, разиня, трепло, мудак,
Не прибил ее, покуда была мала?
Всё хотел тепла,
Всё сидел на даче, в офисе, в гараже,
В баре с тихой музыкой, не замечая – она уже
Заслонила полнеба, выпила будущую весну.
Раздуваясь, вошь затевает войну.
Ты же знать её не хотел –
А она сквозь горы кровавых тел
Глядит на тебя. Пока ты плевался – тьфу –
Она покусала всех, сгорает страна в тифу.
И вот теперь
          вошь лишает тебя всего –
Дома, сна, весеннего города, выворачивает естество
Наизнанку, заставляет бежать, куда
Глаза глядят, ослепнув от ярости и стыда,
И в висках грохочет, то мучительней, то слабей:
Вошь не должна жить – найди её и убей!

23.03.2022

А что если я не вернусь,
А что если я не увижу
Лесок, треугольную крышу,
В канаве чернеющий груздь?

А что если намертво я
Увязну, залипну, застряну –
Куда-то в медовые страны
Свернула моя колея.

А как же улитка тогда,
Колодец, калина, калитка,
Тропинки суровая нитка,
Порвавшаяся у пруда?

А как же оставленный друг?
Вот так же душа у предела
Заплачет – а как же без тела,
А как же без глаз и без рук?

25.05.2022

* * *

Льнуло к коленкам лето в кудрявом Ворзеле.
В полдень кузнечики в тесной ладошке ёрзали,
Тётя бежала к плите: отвернёшься – выкипит,
Прыгали в пруд царевны – глаза навыкате,
Тёмная спинка, светлое брюшко в крапинку.
Что там дымилось, вареники или драники –
Я ничего не ела, дружила с белкою,
Резавшей грецкий орех аккуратной пилкою
Мелких зубов и почти не качавшей веточку—
Прямо над белой косичкой и юбкой в клеточку.

Лето текло, молоко поднималось облаком
И убегало, дитя замирало столбиком
Возле поленницы с красным жуком-пожарником,
В книжке цвели стихи – чабрецом и арникой.
Вот и гадаю – были "освободители"
В этом саду, орех возле дома видели,
Цел он – или расстрелян от делать нечего –
Вместе со мной, пятилетнею, и кузнечиком.

23.07.2022

Сжимается быстро шагреневый август.
В движеньях листвы появляется мягкость
И над головой – незаметная дымка,
И влага в глазах. Занавески раздвинь-ка,
Пора просыпаться, пора признаваться,
Что дней остается всего восемнадцать
До плача, до пламени края резного,
До полночи новой, до пропасти новой.
Но август пока не достиг середины –
Давай-ка мы купим шершавую дыню,
Немного инжира и бархатный персик
И так засидимся, что выплывет сердце
По лунной дорожке, направит свой парус –
Туда, где уже не кончается август.
И ты мне расскажешь про сад и про то, как
Краснеет калина, желтеет грунтовка,
Антоновка зреет на медленном солнце.
Так тихо – как будто и не расстаемся.
Устанем, очнёмся, помоем посуду,
А плакать – не буду, не буду, не буду.

9.08.2022

* * *

Падают листья платанов в Тбилиси,
Падают листья.
Выйдешь на улицу – русские лица,
Русские лица.

Белого облака пышное тесто,
Плеть винограда,
Узкая лестница. Некуда деться,
Да и не надо.

Листья платанов совсем заржавели,
Ветви – кривые.
Русские мальчики по Руставели
Ходят – живые

В городе снов, голубином, соловом,
Судьбы латая.
Носит их сизой брусчаткою, словно
Листья платана,

Прочь от визгливой флейты военной,
Смерти в окопах –
В хрупкие дворики осенью медной
Шаркает обувь.

В гнёздах балконных, в стекольчатых сотах –
Русские лица.
Вместо двухсотых и вместо трёхсотых
Падают – листья.

10.11.2022

РОЖДЕСТВО – 2022

Ни ёлки в шарах, ни подсветки на куполе.
Потёртое платье, набухшие груди.
Сегодня родился Христос в Мариуполе,
Родился в Бахмуте.

Он ищет сосок материнский, а миру-то
Видны только тени в подвале, да пламя,
Да как продвигается армия Ирода
Пустыми полями,

Бронёю мерцая, убитых и раненых
Собакам бросая и, миру на диво,
Ограбив сарай и младенцев заранее
Убив – превентивно.

Какие же быстрые танки у воинов,
И вышита правда на знамени – искони,
А кто сомневался – избиты, уволены,
Развеяны, изгнаны.

Проходят войска – и ни хлеба, ни вяленой
Рыбёшки, ни целой машины, ни школы,
За армией Ирода – только развалины,
Наречья, глаголы,

Но нет существительных – только двухсотые,
Да груды кирпичные, бывшие смыслы.
Остыла вода в батарее – и все-таки
Христос народился.

И выбиты стёкла, и пенье вечернее
Измученных ангелов в час комендантский,
И свечка, и веерное отключение...
От маминой ласки

Сомлевший под утро, над сбитой ракетою,
В цыплячьем пуху золотистого нимба
Проснулся – и жмурится в жовто-блакитное
Победное небо.

7.12.2022

* * *

Душа боится нового ярма,
И новых пут она не принимает –
Все хочет петь и плакать задарма,
Забыв, что без любви она – немая.

А новая любовь – страшней чумы –
Бежать, не привыкая и не мучась,
Но те, кто на неё обречены,
Пока свою не понимают участь.

Зажав в руке два тёплых лаваша,
Идёшь домой и думаешь – как просто,
Устав бороться, слабая душа,
Вздохнув, на милость Грузии сдаётся.

Она глядит на дворик, на бельё,
На гору с краем солнечного диска,
И счастья, захватившего её
Врасплох, без разрешения, – стыдится.

12.12.2022

2023

Ущелий вытертые коврики,
Балконов лёгкие корзинки,
А мы с тобой сидим на облаке,
На пышном облаке грузинском,

Как будто нет ни слёз, ни опыта
Разлуки, бегства и позора,
Как будто ничего не отнято
И не растоптано, и скоро

Мы встретимся, как прежде, запросто,
Расчистим пухлый снег на даче,
Как будто нам дадут состариться
В тепле и умереть, не пряча

В туман – ни мёртвых под обломками,
Ни телевизионной вышки.
Не спрыгивай пока что с облака –
Грузинский полдень. Передышка.

4.01.2023

ТБИЛИССКИЙ СНЕГ

Смотри-ка, Петербург пришел в Тбилиси –
По-заячьи, по-беличьи, по-лисьи
И обнял изумленный виноград,
Брусчатку, потрясённые платаны,
Чугун балконный, в косы заплетенный,
Цветочный рынок, переулок тёмный,
И столб, и кипарис, и всё подряд.

В Тбилиси ведь нельзя не обниматься.
Снег понимает это, белой мастью
Пятная двор и каменную маску
Над синей дверью. Что́ у нас ненастье,
То здесь веселье – Бога не гневи.
Он шёл сюда от площади Восстанья,
С Литейного, Конюшенной, Расстанной,
Мир помечая белыми крестами,
И вот – повис воздушными мостами
От каменного спуска у Невы

До спрятавшейся в облаке Мтацминды.
Он обнял ветхий домик незаметный
И крепость, и овраг с травой примятой,
Окошко с лавашами на углу,
Шелковицу над церковкою древней,
Забор, упавший, как у нас в деревне,
Лоток с прозрачным мёдом и вареньем,
Цветущую в воротах мушмулу.

Не то чтобы здесь снега не бывало,
Но всё же он – с оттенком карнавала,
Вот похромает, полетает вяло,
Сконфуженно покружится – и вдруг
К лицу Тбилиси зеркальце подносит,
Шепнёт – Шота, а отзовётся – Осип,
Вот-вот колонн несжатые колосья
Рассыплются – растает Петербург.

8.01.2023

Под утро ляжем и проспим до двух,
Во сне и то нагоревавшись вдоволь.
Зима в Тбилиси мягкая, как пух,
Сквозная, как пирамидальный тополь,

И сквозь неё дорога не видна
С бредущею фигуркою – не я ли?
И пахнет подступившая весна,
Как высохший в саду пододеяльник.

Согреем хлеб – и захрустят края,
Нарежем сыр. Гора пригладит шёрстку.
Что, постарела девочка твоя? –
Подумаю – и звёздочка зажжётся.

Как непроизнесённое люблю,
Погаснет на губах зима в Тбилиси,
И тайный снег слетит на мушмулу
Цветущую – и до утра продлится.

14.01.2023

* * *

Россия сбрасывает кожу –
Никиту, Леночку, Серёжу,
Матвея – на хрустящий наст,
На красный лист – Кирилла, Петю
И Машеньку – через столетье
Россия сбрасывает нас,

Как тех, струившихся из Крыма
Седой волной, клоками дыма,
Ещё играют желваки,
Ещё как будто не окончен
Последний бой, и стаи гончих
Несутся по пятам, легки.

У нас опять землетрясенье –
Чтобы не лечь в сырую землю,
Летят рассеянные семьи,
И я, крутясь, лечу со всеми –
Ненужное, пустое семя –
Полив слезами Верхний Ларс.
Россия сбрасывает кожу –
Максима, Сонечку, Алёшу –
И в небе зажигает Марс,

И в спину мне, мурлыча "Мурку",
Шипит – проваливай, дочурка,
Поблёскивает новой шкуркой
Коричневой – святая Русь.
Отдёргиваю руку – ниже
Травы, воды бегущей тише –
Обнять, прижаться б – ненавижу
И снова в ужасе тянусь.

26.01.2023

* * *

Лене Берсон

Да, мы подонки, насильники, дети убийц
В пятом уже поколении – ладно, в четвёртом.
Жги, раскалённая память, чернее клубись,
Вейтесь глумливее, череп и кости над фортом.

Как же по-русски теперь – когда каждый снаряд
С воем на Киев летит, как преступная буква,
То динамит или весь алфавит виноват?
Страшно по-русски? А что ж не издали ни звука,

Глядя, как к грузовику волокут по двору
С маленькой внучкой татарскую эту старуху,
Эту чеченку в ауле, как ели кору
Переселенцы, в мороз забиваясь в нору –
Лисью, кротовью, мышиную? Как же не рухнул

С треском букварь, рассыпаясь на архипелаг
Серых ушанок, овчарок, ощеренных вышек,
Трупов с дырою в затылке, чахоток, пеллагр,
Паек, доносов, армейских дедов и салаг –
Как же никто меж зубов этих звуков не выжег,

Как же не выблевал – через победный прищур,
Глядя в Восточную Пруссию, кровью и спермой
Густо залитую – муттер потом, перекур,
Дочку сперва – покрывало, подсвечник, амур,
Пряжка, звезда, нараспашку ширинка – я первый!

Что́ бы тогда не заткнуться, не сжёвывать в кровь
Губы, покуда играет парад физкультурный,
Что́ бы слова языка не посбрасывать в ров
Вместе с убитыми, что́ бы бревенчатых строф
Не запалить напоследок – пылают недурно.

Что же так поздно схватились, съезжая на дно,
Разве не видели раньше, какое теченье
Нас понесло в преисподние области, но
Родина больше, чем гнойное это пятно –
И никогда не скажу ей слова отреченья.

Нам за кровавую баню платить головой –
Грязные варвары с лирою сладкоголосой,
Сгинем, и косточки наши затянет травой.

Тихо над нею закружится солнечный рой –
То ли *сестра моя жизнь*, то ли *узкие осы*.

Родина что? Глянешь в зеркало – мутная стынь,
Тонкий ледок над болотом – предаст и не охнет.
Я никогда не скажу ей – проклятая, сгинь! –
Злая, больная, под байковым небом немым –
Или язык мой блудливый сейчас же отсохнет.

27.02.2023

БАЛЛАДА О ВЕНСКОМ СТУЛЕ

Симе

Вряд ли я доживу до прекрасной поры,
Когда военная вошь
Лопнет, останется вне игры,
Но спорим — ты доживешь.

И будет считаться не тот герой
С глазницей своей пустой,
Кто трупы врагов навалил горой
Под взятою высотой,

Не тот, что украл, не тот, что убил,
Сорвав автомат с гвоздя,
Не тот, что соседа стирает в пыль,
За ленточку перейдя.

И не того, кто весь мир надул,
Прославят, рукоплеща, —
А того, кто выдумал венский стул
И вешалку для плаща,

Кто выдумал для жены своей
Газовую плиту —
Чтоб взять кастрюлю горячих щей,
А не грёбаную высоту.

И в мире, склеенном из кусков,
Ты сядешь на венский стул,
Глядя, как призраки дураков
Плывут из июня в июль,

Похожи на тополиный пух,
По тихой широкой реке,
Под лёгкими облаками мух,
Зажав автомат в руке.

Ты скажешь — и это плывут враги?
Могли поливать цветы,
А не падать — разве не дураки —
У чьей-то чужой высоты,

И раз уж ни чести, ни славы нет,
И выгоду ветер сдул, —
Да здравствует великий Тонет,
Придумавший венский стул —

119

Не дрон, не ракету, не танк, не яд,
Не ружьё – ходить в караул,
А просто стул, на котором сидят,
С гнутой спинкою венский стул.

29.03.2023

* * *

Ни балет с лебедями и феями,
Ни стихи, ни сухое вино,
Ни немецкие фильмы трофейные,
Те, что мама смотрела в кино,

Ни улитка на солнечной отмели,
Ни тома самиздата в столе,
Ни Deep Purple, ни лекция Лотмана,
Ни картошка в горячей золе,

Ни промышленный город, живой еще,
Ни с господской усадьбой село,
Ни загулы, ни умные сборища,
Ничего, ничего не спасло.

3.05.2023

Сбивчивых улиц развинченный шаг,
Розы, балконное кружево.
Крылья раскрыла, неслышно дыша,
Пёстрая бабочка Грузии.

Дай разглядеть мелколиственный сор,
Рынка весёлое олово,
Дай различить хрипловатый узор
Нежного южного говора.

Дай ужаснуться – куда ты в огонь,
Глупая, вспыхнешь – и нет тебя!
Прошлого века телячий вагон
Всё ещё тащится нехотя,

Полный притихших просроченных тайн,
Хищного стука и клёкота.
Мне-то не спрыгнуть, а ты улетай –
Пленная, сонная лёгкая.

23.05.2023

* * *

Светало. Нева текла, как благая весть.
И небо слегка зеленело, и город весь
Лежал на ладони вытянутой руки,
Мосты закрывали железные лепестки.
Потом прорывало запруду – валил народ
В метро, на автобус, переправлялся вброд
Через Литейный, покачивался трамвай
Созревшим яблоком, ты говорил – давай
Мы туфли купим тебе, раздавался свист
Милиционера, и вывеска "Букинист"
Ныряла в арку, текли по спине мурашки,
И нас тащило вперёд, по кишкам Апрашки,
Трусам, полотенцам, шапкам, носкам – и зной
Бесстыжего чрева докатывался до Сенной.

А Невский лелеял свою красоту и спесь,
И снег выходил на улицу, в белом весь,
Невидимой тростью отсчитывая шаги
До мёртвой царевны – лежащей в гробу реки.
Коронный кофе – маленький четверной
Непризнанный гений заказывал, над чумной
Страной ни свет не струился, ни шёпот набожный,
И только Пушкин прохаживался по набережной.

Поэты – смеялся он – заправляют всем:
Поэт на Конюшенной сторожит бассейн,
А на Обводном поэт приручает газ
В котельной – какое нынче тепло без нас.
Стряхнув на сутки морок парнасских нег,
Поэт охраняет склад, убирает снег,
В сырых подвалах – переизбыток лир. –
И пушкинский силуэт поднимал цилиндр.

И город был – остров. Невидимый материк
К нему посылал корабли отречённых книг,
И вороны узникам в клювах несли стихи,
Качались над Петропавловкой лопухи.
И между строк летал тополиный пух,
И в гастрономе тянулся обед до двух,
И Бродский стоял на балконе, вперяя взор
В святого Павла, и справа желтел собор.

И ты говорил, из рюмочной выходя,
Ступив на асфальт, блестящий после дождя –
Казалось бы, век мечись, негодуй томись,

А всё-таки этот город имеет смысл:
Бывает такая минута – прибита пыль,
И луч, растолкав облака, ударяет в шпиль
И под углом пронизывает проспект,
Соединяя мнимости жизни – в спектр.
Скользили глаза рассеянно за лучом,
И голос твой проворачивался ключом
От запертых серых волн и гранитных плит
Пятнистых – как вспомнишь, так сердце и заболит.
А нечего вспоминать – не достать рукой,
И луч отяжелел и провис дугой,
В крови намокнув, в тёмном её вине,
А ключ утонул в Неве и блестит на дне.

24.07.2023

ИЗ ЦИКЛА «НАСТАВЛЕНИЯ СЫНУ»

Ты сходи на кладбище. Пятый хвойный,
Поворот аккурат за могилой братской –
Ты же помнишь, мы же ходили. Войны
От живых своею повадкой блядской

Отрывают мёртвых. Найди скамейку,
Оборви сорняки, посади цветочки.
Мне теперь туда ни ужом, ни змейкой
Не пробраться – в этом году уж точно.

Всё вернулось на круги – ни петь, ни плакать –
Кто плясал от радости в девяностых? –
То-то. Ладно, мама не дожила хоть,
Ну, а бабушка знала, что всё вернётся.

Уж чего-чего, а пустых бутылей
Там всегда полно, где вода – ты помнишь.
Ямки вырой поглубже, побольше вылей,
Жаль, что я тебе не приду на помощь.

Хвойный шорох, мелкий ольховый шёпот,
Небо в дырках от ёлок, тропа лесная.
Вытри камень тряпками. Хорошо хоть,
Ни отец, ни дедушка не узнали.

Подмети. С цветников соскреби лишайник.
Кто-то смотрит всегда через ёлки эти.
Ты теперь за старшего. Навещай их –
Чтобы не потерялись в лесу, как дети.

ДРУЗЬЯМ

У вас дворы белеют понемногу,
И холодок ползёт под свитера,
А я ещё в туфлях на босу ногу
На нашу гору выхожу с утра.

Тут крыши солнцем смазаны, как маслом,
Лепёшки из печей – вознесены,
А вам уже колючий воздух связан
И на плечи накинут – до весны.

Нева, небось, колотится о сваи,
В тумане растворён дворцовый куб –
Как кубик сахара. Я далеко. Я с вами.
Я вижу лёгкий пар из ваших губ,

И ваши сны, и книги, и застолья,
Мой взгляд и беспокоен, и ревнив.
Я среди вас – не видите вы, что ли –
Сижу, лицо в ладони уронив.

7.11 2023

* * *

А я вернусь уже другая,
Не плача и не упрекая,
Мне дождик зафигачит блюз,
Споёт петух соседский – трижды. –
Пока не слышно, – говоришь ты?
Но я вернусь? Ведь я вернусь?

Какую ноту задал Галич –
Чтоб губы сами спотыкались,
В кровь разбивались на бегу.
Вер-нусь: и верность, и разлука,
Верхушки лип и среди луга –
Метели судорога – у-у.

Пойду к реке, увижу чаек.
Ну, что ты головой качаешь?
Пускай – зима, и снег глубок,
Но я вернусь – ведь правда? Правда?
Мне даже печка будет рада,
И веник – разметём порог,
Расчистим тропку у калитки,
И чайник закипит на плитке...
Что ж ты глядишь куда-то вбок?

22.11.2023

Благословенна ночь, когда прилетает сын,
Благословен самолёт, которым он был носим,
Ничего, что рейс откладывался пять раз,
Благословен рюкзак, и шапка, и даже грязь
На его ботинках – оттуда, из наших мест,
Благословен суп, что он, обжигаясь, ест,
Благословен диван, где он проспит до утра,
Варёное яйцо на завтрак и та гора,
Что выгнула жёлтую спину – для наших встреч,
И другая гора – что упала с плеч.
Благословен базар, куда мы пойдём, окно,
Где увидим сороку на дереве, и кино,
Которое вместе посмотрим – а можно и не смотреть,
Просто болтать ни о чем – и отступает смерть.

30.12.2023

2024

Когда все уезжающие уедут,
Когда все умирающие умрут,
Оставшиеся какой-нибудь хитрый метод –
Чтобы остаться – изобретут.

Закроют глаза – будто нас и не было,
Поставят бочку, напишут: "Квас",
Выроют пруд и запустят лебедя –
Типа, жизнь продолжается, но без вас.

И стол накроют обрывком старого,
Полуистлевшего кумача...
По дворам рассеется наша армия,
Не стреляя, не топоча:

Наши тени вытекут из-под спуда,
Просочатся, хлынут, войдут, не суть –
В склеротические сосуды
Улиц, заученных наизусть.

Посреди модерна и ложной готики,
Посреди кустов с воробьиным "жив!"
Растворятся, невидимо, как наркотики,
Каждый шаг запутав и закружив.

Из каких подвалов звезда засветит,
Из каких ещё новых сибирских руд –
Когда все уезжающие уедут,
Когда все умирающие умрут.

24.01.2024

* * *

По улице моей идут другие,
Они ее по имени зовут –
Такие же, как я, да не такие –
Живут в моём подъезде, кофе пьют,

Ругаются, что снег не убирают,
Что магазин закрыли на углу,
И думают – кого-то не хватает,
А снег танцует, будто на балу.

И в эту арку, под карниз пушистый
Других несёт привычно колея,
А улица ночами не ложится,
Стоит и смотрит – не иду ли я.

1.02.2024

* * *

И миндаль расцветает, и вишня –
Высыпают скопления звёзд
В чёрном космосе веток. Не слышно –
Это пение сфер или дрозд.

Бродит пёс неизвестной породы,
Воздух в дырках от солнечных спиц.
Небеса открывают ворота
В облупившейся краске – для птиц.

Из дворов вырывается гомон,
И на север летят косяки,
И душа над покинутым домом
Целый день нарезает круги.

13.03.2024

* * *

Во дворик выйдешь – полдень светится,
А там, на правом берегу
Гора лежит большой медведицей
И держит город на боку –

Не силой тяжести, а верою.
Витраж горит в особнячке
Над площадью, и крыши серые
Бегут к невидимой реке.

Когда приходит вечер ветреный,
Как полк, спешащий на постой,
Гора становится серебряной,
А ближе к ночи – золотой.

Не шелохнётся – только слушает,
И прячет мех её живой
Поэта, замертво уснувшего
В обнимку с девочкой-женой.

Огни высокие и низкие
То вспыхивают, как сердца,
То тянутся сырыми нитками,
Переговариваются.

А бабочке-душе покажутся –
Родные, северные, те,
Она летит на них размашисто –
И повисает в пустоте.

26-27.03.2024

* * *

Всё кажется, что это не со мной –
Цветущая айва, апрельский зной,
Гора с прожилками дороги –
Всё кажется, что я не здесь,
А там, где воздух – ледяная взвесь,
В грязи по щиколотку ноги,

Что тихо проплывают сквозь меня –
Граниты в цвет солдатского ремня,
В мурашках инея – колонны,
И тополей корявая кирза,
Дворцовые стеклянные глаза,
И небо с отсветом зелёным,

Чухонской грубой вязки облака,
Брезент, борта грузовика,
И линии, уложены, как шпалы,
Неяркий свет под куполами век.
Но вот внезапно выключили снег –
И всё пропало.

25.04.2024

* * *

Если только смогу, если только смогу
Вернуться – буду сидеть в снегу,
Проверять рукой – не рассохлись ли рамы,
Стряхивать, проходя, иней с куста –
И никогда, никогда, никогда
Не поеду в тёплые страны.

Буду ходить по снегу, вышивая канву
Опушки своими следами, а летом – слушать траву,
Разросшуюся у дома.
Сорняки, говорите? Это вам они сорняки,
А мне – райские кущи, мягки, как шёлковые платки,
Будто моря, бездонны.

Если только смогу – никаких уже больше гор,
Только дождь, перекинутый через забор,
Только звёзд мелькающие колёса
По булыжному небу, клёна холодный нимб,
Только реки, по мокрым щекам равнин
Катящиеся, как слёзы.

7.06.2024

* * *

Под куполом нёба восходит вино,
Краснея, как солнце,
И хлеб из пекарни проносит Нино,
И Тина смеётся.

Над горстками кровель густая гора
Неровно струится,
И можно, проснувшись, кивнуть ей с утра –
Здорово, сестрица!

И пятна шелковицы на мостовой,
И мы – ещё живы,
И всё тяжелей над моей головой
Мешочки инжира

И капли черешен, и только слова
Как будто не с нами –
В откос, под которым несётся Нева,
Вцепились корнями.

1.07.2024

* * *

На воде полоска белая,
Начинается прибой.
Что ты, родина, наделала
И со мною, и с собой?

Уж такие ветры дунули –
За волной бежит волна.
Старики войну придумали –
Значит, юношам хана,

Падают на землю влажную,
Пропадают там и тут,
Розы красные, бумажные
Поминальные цветут.

Пена брызгает на ближние
Потемневшие пески,
А кто скажет слово лишнее,
Тем обрежут языки.

Вырастают волны лестницей,
Поле брошено, как шаль –
Сколько мёртвых там поместится,
Никому-то их не жаль.

10.08.2024

* * *

Была бы осень, и ты бы ко мне пришел,
И папоротник бы уже заржавел, и, жёлт,
Струился бы тоненький ручеёк берёзовый,
И печь, догорая, зевала бы пастью розовой.
В отцветших травах носился бы чей-то всхлип,
А на обоях подсолнухи всё цвели б,
Гремел бы поезд железной силлабо-тоникой,
И я бы из сада нам принесла антоновки.
И мы б отхлебнули с тобой разведенный спирт,
И ты бы вздохнул виновато – опять небрит,
Оса бы гудела, заглядывая повсюду,
И я б засмеялась и убрала посуду
И провела бы рукой по твоей щеке,
И мы понеслись бы с тобою по той реке,
Где не бывает ни берегов, ни устья –
Ныряешь с радостью, а выплываешь с грустью.
И день бы сонным младенцем в руках обмяк,
И долго в окно стучался бы товарняк.

3.09.2024

ИЗ ЦИКЛА «КОЛЕСО ОБОЗРЕНИЯ»

*

Третий год как взбесившийся маятник,
будто зайцев по тощим кустам,
по нехитрому кругу гоняет нас –
Ереван, Казахстан, да отстань.

С маникюром сиреневым девочка
в съёмной хате с приблудным котом,
дочка мамина, ласточка, веточка,
ты скажи мне, что будет потом.

А в Москве, говорят, хорошо, говорят,
всё блестит, говорят, все кипит, говорят,
подполковник-купец покупает солдат,
ну так мало ли что говорят,
помотались и хватит, давай-ка назад,
может быть, нас с тобой этот военкомат
обойдет, ведь не всех же подряд.

И налево стена, и направо стена,
то чума, то война, то чума, то война,
из-под ног уплывает шестая страна,
и летит, и летит по пятам сатана –
эх, Тбилиси, Берлин, Астана.

29-30.11.2024

*

Ни земли, ни злаков препинания,
да и что там больше препинать,
пропинали жизнь до основания,
а затем – и некому пенять.

Доканать бы до конечной станции
без кавычек и без запятых,
где не прикопаться – кто по нации,
а на молчаливых понятых

я не рассержусь и не посетую,
голые кусты поднимут шерсть,
ты меня узнаешь, я с газетою

буду ждать у дома номер шесть.

И уже не спросят ни о родине,
ни чей Крым, ни почему война,
только про мелодию – мелодия,
спросят, а была ли хоть одна.

И когда мы встретимся на Сретенке,
я узнаю сразу – повезло –
голос твой по незаметной трещинке
через сердце, как через стекло.

30.11.2024

*

Колесо обозренья на тёмной горе
наливается светом к вечерней поре,
и становится зябко в холодной норе,
зелень, пурпур, мельканье, сиянье.
А к утру вырывается ветер из рук,
и веревка с шеренгой невысохших брюк
убегает в остывшее небо на юг,
закрывается клуб Bassiani.
И сверхновая осень взрывается вдруг
от случайного вроде касанья.

И в пустые витые ракушки дворов
залетают сухие ошметки миров
сквозь цветастые шмотки – а их будь здоров –
оседают по длинным балконам,
и Ламара выходит, как маршал Мюрат,
запахнувшись в бордовый махровый халат,
будто здесь у подъезда и примет парад,
вот сейчас она крикнет – по коням!
Ну а листья летят, и домой через сад
пробираясь в параболах жёлтых глиссад,
повторяешь – спокойно, спокойно,
ты уже завоёван и поздно махать,
чем там машут обычно – нырни-ка в кровать
с головой – как в амурские волны.

30.11 – 1.12.2024

2025

Ну что же, давай прощаться,
мой стройный, любимый мой —
и выгнутый мостик дощатый
от крепости домой,

и хлопья под фонарями —
куски ледяного огня,
летевшие вечерами
на маму и на меня,

и тополь лохматый летний,
с пригоршнями скворцов,
и шёлковая лента
на том берегу — дворцов,

а сколько же было счастья
болтать посреди двора —
ну что же, давай прощаться,
наверно, теперь пора.

К рыданиям время глухо,
а к нежным твоим камням
прижмусь — так уже старухой,
и ты оттолкнёшь меня.

24.02.2025

* * *

Нет уже ни сада с антоновкой,
с веток спрыгивающей по-кошачьи,
ни опушки с тропинкой тонкою,
размахрившейся ближе к даче,

нет песчаного берега жёлтого,
остролиста и краснотала,
на углу жестяного жёлоба –
чтобы в бочку вода хлестала,

ни дождя, на ходулях бегущего
по жасмину, ни этой бочки,
ни сарая, ни лейки сплющенной,
ни сороки, ни старой почты,

у которой всегда тусуются,
гогоча и дымя, подростки,
ни сгоревшей на нашей улице
красной дачи на перекрёстке,

нет зимой полосы от полоза –
как пореза – от санок финских,
ни платформы во льду, ни поезда,
ни в заныканной фляжке – виски,

ни чугунного леса вокзального,
ни стеклянных дверей, ни эха,
ни зелёного глаза, ни алого,
ни машин, ни снежного меха,

ни стоячих дымов за доками,
толстых, скроенных по старинке,
ни шатаний вокруг да около
грязных юбок Сенного рынка,

ни реки с ледяными глыбами,
выползающими на берег,
ни моста с позвонками рыбьими,
ступишь – крупная дрожь и дребезг –

ничего.
        Были – сплыли-скрылися,
звон в ушах, тошнота, бездомье,
лишь, обмакнута в кровь, кириллица
извивается на ладони.

10.03.2025

* * *

Под белым небом потолка,
в неброской рощице обоев
осталась капля молока,
налитого для нас обоих,

она упала с наших губ
и потекла молочной речкой.
Тропинка, лукоморье, дуб,
дома, рассыпанные гречкой,

твоя ладонь, твоё лицо,
и солнце в поле закатилось.
Я думала, уйдёшь и всё,
а жизнь взяла и разломилась.

21.03.2025

* * *

Ну сколько можно убивать,
скажи мне, сколько?
Сырую землю обнимать
летит Николка

лихим гусаром на коне,
заломлен кивер,
к своей земле к своей жене,
но это кавер —

за ним Ахилл, за ним Патрокл,
все вереницы,
прогорклый горестный поток,
юнцы-убийцы.

Но этих, этих-то за что,
пока что целых,
на кухне, в садике, в авто,
в своих постелях,

никто не воин, не жених
земли измятой,
ни дрона, ни копья у них,
ни автомата,

ребёнок в чистое бельё
одет, уложен.
За что его? За что её,
и сколько можно?

13.04.2025

* * *

Когда запретят Мандельштама, как встарь,
когда доказнят декабристов,
с которыми слишком уж нянчился царь,
и хмурый зевающий пристав,

квартиры отняв у последних врагов
народа, потянется к рюмке,
и солнце, у низких взойдя берегов,
пойдет, озираясь, по струнке,

и мышь не проскочит отсель и досель,
и птица не вякнет — вот то-то,
тогда заживём. Скрипи, карусель,
с резьбы не срываясь, работай:

жирнее улов арестованных слов
на речке багровой, просторной,
повторно расстрелян в лесу Гумилев,
и сын за решёткой повторно,

Малюта опять потрошит естество
измены, догадливо щерясь,
и вещий Олег, завершив СВО,
опять наступает на череп.

26.05.2025

* * *

Как же хотел тепла, говорил – погладь!
Если поглажу – ах, говорил, спасибо,
Лбом, разлинованным, как тетрадь,
прижимал ладонь, и хотелось спать,
чёрные ветки в небе неслись курсивом.

Всё повторял – ласковое скажи,
как же – сердилась – уже сказала,
и расплывались мутные этажи
дома напротив. – Рано же, не спеши! –
Поздно уже, – говорила и убегала,

у подъезда смотрела вверх, по волнам стекла
облака проплывали. Когда уходил с балкона,
догоняла сердце тоненькая игла –
вот бы вернуться. По узким перилам шла,
раздувая перья, медленная ворона.

2.06.2025

* * *

А мне в Россию нету ходу,
ты понимаешь, нету ходу,
открыли на меня охоту –
не проскользнуть, не обогнуть
золотозвёздных этих пугал,
с Большого не свернуть за угол,
в своей постели не заснуть,

не прыгнуть утром в электричку,
ногой не поболтать в водичке,
на небо, взятое в кавычки
стрижей, с мостков не посмотреть,
не растопить под вечер печку,
на лес не поглядеть с крылечка,
непостижимый, будто смерть,

ужом да змейкою, Набоков,
к видению пристроясь сбоку,
порвав штаны, в кустах намокнув,
не просочиться за черту,
за проволоку, поволоку
тумана, с чёрным ветром в лёгких,
с железным привкусом во рту.

А мне в Россию нету ходу,
жизнь, выходящая на коду,
не ищет молока и мёда,
мне б – не скользящий из-под ног
клочок земли, асфальта, плитки –
раз не толкнуть своей калитки,
в слезах не рухнуть на порог.

27-28.06.2025

* * *

Приснились Тверская и книжный,
"Армения" с той стороны,
и воздух каштановый, нежный –
ни слёз, ни безумной войны,

и облака белая шёрстка,
и Пушкин зелёный – свернём
под арку и на Палашёвский,
покуда он не осквернён,

и можно весь век целоваться,
и ты говоришь, говоришь
под плеск голубиных оваций,
взлетающих с низеньких крыш.

3.07.2025

* * *

Сон остался на родине –
здесь не спишь, а грызешь темноту
твёрдой коркой, пародией
на душистую корочку ту

по дороге из булочной,
на хрустящий корявый припёк,
здесь не спишь, а полуночный
вязкий вброд переходишь поток –

только тусклые проблески,
как в смоле, по колено в беде,
сон остался на Кронверкском,
под мостом в маслянистой воде,

сон остался в России на
ровно дышащих реках ее,
уносящих рассеянно
в никуда отраженье моё.

21 07.2025

СОДЕРЖАНИЕ

Татьяна Вольтская
В городе Ноябре
ИЗБРАННОЕ 2015 - 2025

First Edition

Design and typesetting: Virgola Press
Published in 2025 by Virgola Press, New York
https://virgolapress.co